千年楼市

古人安心成家方案

李开周 著

四川文艺出版社

图书在版编目（CIP）数据

千年楼市：古人安心成家方案 / 李开周著. — 成都：四川文艺出版社，2019.5
ISBN 978-7-5411-5398-3

Ⅰ.①千… Ⅱ.①李… Ⅲ.①随笔—作品集—中国—当代 Ⅳ.①I267.1

中国版本图书馆CIP数据核字（2019）第075412号

QIANNIAN LOUSHI：GUREN ANXINCHENGJIA FANGAN
千年楼市：古人安心成家方案

李开周 著

责任编辑	张亮亮
封面设计	叶 茂
内文设计	史小燕
责任校对	蓝 海
责任印制	喻 辉

出版发行	四川文艺出版社（成都市槐树街2号）
网　址	www.scwys.com
电　话	028-86259287（发行部）　028-86259303（编辑部）
传　真	028-86259306
邮购地址	成都市槐树街2号四川文艺出版社邮购部　610031
排　版	四川最近文化传播有限公司
印　刷	四川机投印务有限公司
成品尺寸	146mm×210mm　　开　本　32开
印　张	8.75　　　　　　　字　数　180千
版　次	2019年5月第一版　印　次　2019年5月第一次印刷
书　号	ISBN 978-7-5411-5398-3
定　价	42.00元

版权所有·侵权必究。如有质量问题，请与出版社联系更换。028-86259301

目录
CONTENTS

开场白：古代房价也很高吗

第一篇　建造与开发

记一次征地事件 / 013

元丰六年的拆迁补偿 / 017

宋朝的环境影响评价 / 019

太监包工 / 023

报数与报价 / 025

房子齐步走 / 027

北魏第一高楼 / 029

个性的房，手工的鞋 / 032

水边的商铺 / 036

在意念中完成开发 / 038

在元朝自主建房 / 040

窦乂治生 / 042

太岁头上动土 / 044

第二篇　楼市也疯狂

西周的地价 / 049

居延房价 / 051

南北朝的房价 / 053

题门帖 / 056

陈仲躬买房 / 059

宋朝购房流程 / 062

宋朝房奴问题 / 065

元朝的地价和工资 / 068

苏辙买房记 / 071

宋朝人怎样让房子生钱 / 074

从《金瓶梅》看明代楼市 / 077

从《红楼梦》看清代楼市 / 080

弘治朝集资购房事件 / 083

集体躁狂的嘉靖楼市 / 085

谁堵了楼市的下水管 / 088

想做房奴而不得 / 091

在清朝贷款买房 / 093

出典与活卖 / 096

典房与抵当 / 098

清朝小户型及其单价 / 100

回到民国去买房 / 104

借房等死 / 108

找房款 / 110

上海的租售比 / 113

成三破二 / 117

第三篇　租房时代

在唐朝租房 / 121

《水浒传》里的租房 / 124

帝制时代的廉租房 / 126

宋朝住房自有率 / 129

典不到的河房 / 131

二房东的小竹筒 / 133

宁羡房东不羡仙 / 136

有多少才子佳人都成了房东 / 138

官员租房 / 141

公房出租 / 143

免房租 / 145

第四篇　住房政策

西周售房合同 / 149

汉代财产税 / 151

悬钱立券，家园豁免 / 153

均田法，小产权 / 155

宋朝的住房救济 / 158

田宅充公 / 160

赐　宅 / 162

一份契约里的元代房政 / 164

严禁官员买房 / 167

想卖房先送礼 / 169

帝国的契税 / 171

利玛窦缴契税 / 174

千年物业税 / 176

雍正版售房合同 / 180

最牛是房牙 / 182

捆住房子 / 184

丢了合同，没了权证 / 189

宋朝的售房合同 / 194

在万历年间买房过户 / 197

分割避税 / 199

灾后葺屋银 / 201

星级衙门 / 203

铁打的衙门流水的官 / 205

第五篇　居住环境

蛆缸里居住 / 209

树上的禅师 / 211

外城的卫生 / 214

骑黄马戴口罩 / 218

跟着房子去旅行 / 220

肥　遁 / 222

第六篇　家居生活

桃花岛，燕子坞 / 227
从平房到楼房 / 229
城居地主 / 231
大观园有多大 / 233
嵇康的辩术 / 236
左青龙右白虎 / 239
那些羞涩的豪宅 / 241
元代四种小户型 / 243
住在木桶里 / 245
隔墙有耳 / 248
我的厕所我做主 / 251
当马桶代替厕所 / 254
李赤的坐便器 / 256
墨子的卫生间 / 259
合作取暖 / 261
男人在左，女人在右 / 264
五亩之宅 / 266
给死人办证 / 268

\开场白\
古代房价也很高吗

一、这本书的缘起

首先表示感谢,谢谢您能从琳琅满目的海量图书中发现这一本,并把它打开。

这是一本历史著作,但跟其他历史著作不同的是,它讲的不是张大帅打败李大帅、刘皇帝杀死赵皇帝,而是古人的居住问题如何解决。

居住问题当然是个大问题,房价涨落对每一个成年人都有着巨大影响。

经济学家说,中国社会正处于经济上升期,所以会产生浓重的拜金主义倾向。我不懂经济学,不知道这话对不对,但是从切身感受出发,我觉得居住问题才是最直接的原因。说实在的,房价涨得太快了,住房市场太乱了,人们把房屋看得太重了,不买房就娶不到心爱的姑娘,不买房就不能把孩子送到好一点的学校读书,不买房就得忍受房东不守契约地乱涨房租。想买就要早些下手,买得越晚越吃亏,买一所还不够,最好把全部积蓄都拿出来砸到房子上,买完两所再买两所,买得越多越划算。越来越多的人拥进房市,大家都很浮躁,谁不浮躁谁后悔,于是整个社会变成了一个非常浮躁的社会。

孟子云,有恒产者有恒心。现在很多人都有了恒产,但是恒心并没有随之而来,因为大家追求的不仅仅是居者有其屋,还追求拥有更多的房屋,以便耀武扬威地盖过邻居。

毛病到底出在哪里呢?我试图从历史上找原因,希望搞清楚

古代中国人在居住问题上是否也很浮躁,于是就有了这样一本《千年楼市》。

二、古人的心境

对于古代,我们总会有各种偏于浪漫的想象。田园牧歌,鸡犬相闻,古人在绿树成荫的土地上栖居,不可能为了买房或者租房而担忧。

这种想象当然是违背历史的。

白居易《卜居》诗:

> 游宦京都二十春,贫中无处可安贫。
> 长羡蜗牛犹有舍,未如硕鼠解藏身。

诗题"卜居",意思是找房。诗句里的"游宦"指做官,"京都"指长安,"二十春"就是二十年。白居易在这首诗里说,他在长安做官二十年,一直没有发财,连一套房子都没有买上,以至于羡慕起蜗牛和老鼠来了,因为蜗牛可以背着自己的房子,而老鼠则有老鼠洞可以安家。

欧阳修也写诗描述过自己早年的真实居住情形:

> 嗟我来京师,庇身无弊庐。
> 闲坊僦古舍,卑陋杂里闾。
> 邻注涌沟窦,街流溢庭除。

出门愁浩渺,闭户恐为潴。

墙壁豁四达,幸家无贮储。

欧阳修二十八岁进京做官,没有住处,在一个偏僻街区租了一所破旧小屋。那里地势低洼,夏天下暴雨,周围的水汹涌而来,院子里全是水,把墙壁都泡出几个大窟窿,幸好家里没有多少财产,不然窃贼一准光顾。

在有无住房的问题上,古人跟我们一样缺乏平常心。苏东坡的弟弟苏辙做官大半生,没有买房,于是儿孙们的抱怨就来了:"我年七十无住宅,斤斧登登乱朝夕。"(苏辙《李方叔新宅》)"我老未有宅,诸子以为言。"(苏辙《买宅》)七十岁时尚无住宅可以安身,儿子们纷纷埋怨。唐朝有一位名叫许浑的诗人,他的朋友去长安买房,无功而返,临走时看见长安富豪之家房屋多得住不完,又非常气愤:"海燕西飞白日斜,天门遥望五侯家。楼台深锁无人到,落尽东风第一家。"(许浑《客有卜居不遂》)穷人买一所房尚不可得,富人狡兔三窟,住宅空置,去哪里寻找平常心呢?

陆游说过:"古人已死书犹存,吾曹赖书见古人。"古人早已死去,可是他们的诗词和文章还在,通过阅读那些诗词和文章,我们可以体悟古人的心境,体悟他们对房屋的态度,甚至还能计算出他们解决居住问题时所花费的成本。

三、怎样计算古代房价

宋人王禹偁在《李氏园亭记》中写道:"重城之中,双阙之

下,尺地寸土,与金同价。"这句话的意思是说当时都市土地紧缺、房价高昂。清代嘉庆年间重修的《上海县志》记载:"乾隆初年,或有华屋减价求售者,望望然去之,今则求售不得。"这句话叙述了上海房价的上涨过程——乾隆初年降价销售,没有人买,后来市场繁荣,房价上涨,想买却买不到了。

诸如此类关于房屋市场的记述在中国古籍中俯拾皆是,可惜并不能告诉我们一个准确的数字。古代文人一向如此,重视修辞,不重视数字,用字遣词不求精确,只求气势。所以要想搞清楚古人买房、建房或者租房时要花多少钱,要想搞清楚不同朝代、不同时期、不同地域、不同房屋的价格,就必须依赖更多的与数字有关的文献。

为了写这本书,我在搜集数字文献上花了很长时间,既要从图书馆和私人藏家手里抄录现存的房契、地契、租赁文书,又要从地方志里寻找与田赋、契税、财产税有关的记载,还要翻阅历代名人的信札、日记、诗词、笔记、墓志铭。中国古籍浩如烟海,但是与房价有关的资料却极稀少,有时候翻阅一整天史料,也未必见得到一条有用的东西。诸位读者朋友想必已经明白,今天市面上历史书那么多,写古代房价的书为什么只有这一本呢?正是因为文献搜集太耗时间,别的作家觉得不划算。

即使搜集到了足够丰富的文献,即使对手中文献进行了对比和梳理,也无法给出古代房价有多高的评价。原因无他,古今货币不同,我们还需要将古代货币换算成现在的货币,甚至还需要对同一时代的不同货币进行换算。

很多读者朋友在网络上读到过古代货币的换算公式,大体是一两白银等于一石大米、一匹丝绸、一千文铜钱。其实这种换算是严重背离历史真实的。

"古代"这个概念实在太大，春秋战国是古代，秦汉魏晋是古代，唐宋元明是古代，从有文字记载算起，古代跨越了几千年。几千年当中白银的购买力怎么可能一成不变？白银跟白银也不一样，有成色很好的"九八足银"（含纯银百分之九十八以上），有成色很差的"八五杂银"（含纯银百分之八十五左右），也有虚拟的仅作为计价标准的"纹银"（含纯银百分之九十三点五），它们的购买力肯定有区别吧。我们还要考虑地域差别：同一个时代，同样的银子，在京城可能不值钱，去乡下却可能很值钱。一两银子在不同朝代的重量也不一样，东汉的"两"很轻，一两不到十五克，唐朝的"两"很重，一两超过四十克。仅仅为了算出一两白银的购买力，就必须加上很多限制条件：请问您指的是哪一年的、哪个地方的、什么成色的一两银子？加上这么多限制条件以后，本来很笼统的一个问题就变得清晰起来，可是读者也会变得头大，人家本来对一两银子值多少钱挺感兴趣来着，一听居然这么麻烦，只好摆摆手说：算了，我不问了。大多数朋友就是这样子，他们喜欢简单，对太复杂的问题不感兴趣，更不愿意花力气去琢磨。换句话说，大家的脑子喜欢偷懒。偷懒的结果是，我们会在一些看似无关紧要的小细节上犯下致命的错误。

就拿白银与铜钱的兑换比例来说吧，1928年北京一两银子可换制钱（面值一文的铜钱）七百文，1931年天津一两银子可换制钱四百文，而到了1939年，一两白银在成都造币厂却可以兑换面

值十文的铜钱两万文!银钱汇率变动如此巨大,如果您竟然按照一两白银等于一千文铜钱的荒诞公式来计算古代房价,计算结果一定非常离谱。

对于房价数据,本书中出现了很多处换算,基本上都是按照购买力来算的。也就是说,无论黄金、白银还是铜钱、纸币,一律先算出在当时当地能买多少东西,然后再计算那些东西放到今天值多少钱,依照日常商品价格特别是用粮食价格作媒介,将古代房价换算成我们现代人可以理解的数字。

当然,这样换算仍然存在很不合理的地方,若要评价某个城市的某个历史时期房价究竟是高是低,更应该算出房价与当时当地普通居民的收入。但是如前所述,史籍中关于房价的记载很稀少,关于居民收入的记载就更加稀少了。找不到普通居民的收入数据,我们只好退而求其次,用货币购买力来换算。

四、读这本书有什么用

古代有一个僧肇和尚,是译经大师鸠摩罗什(《天龙八部》中吐蕃国师鸠摩智的原型)的高足,他说:"人则求古于今,谓其不住;吾则求今于古,知其不去。"人们希望通过今天来理解过去,以为时间是变化的;我则通过历史来理解当前,因为我知道时间是静止的。

以我等俗人的眼光来看,时间当然不是静止的,但是在不断流逝的时间当中,人性却是恒久不变的。只要我们贪婪、自私、愚昧、短视、浮躁、虚荣的人性不变,我们面对居住问题的心态就不会出现根本的变化。今天我们走过的路,古人已经走过;古人曾经犯过的错,我们很可能还会再犯。观今宜鉴古,无古不成今,读读这本书,看看古代的房市,也许会对我们理解今天的房市有所帮助。

各位朋友不要误会,我并没有夸大这本书的作用,吹嘘它能成为您买房或者卖房时的指南。它仅仅是一本历史读物,它的文化意义远远大于现实意义。

从生存决策上讲,历史几乎毫无意义。换句话说,千万不要指望历史能告诉我们下一步往哪走才是正确的(事实上,即使历史已经告诉了你,你还是会走错)。一个修自行车的师傅读了历史,他的自行车并不能修得更好。一个投资房地产的商人读了历史,他的投资胜算并不能增加。

我们应该学习科学,因为有科学思维的人可以预见将来,他会生活在一个从现在到未来的时间段上。我们也应该多读历史,因为有历史思维的人可以洞察世界,他会生活在一个更为长久的时间段上,仿佛从久远的过去一直活到了今天。而假如一个人既不学科学,也不读历史,或许并不妨碍他发财,但是他将永远生活在现时现世,而体悟不到更为广阔的人生。

时间不断流逝,历史的许多碎片散落在我们周围,这些碎片之所以能保存下来,是因为它们能满足我们现代人的爱好,而不是由于它们包含了什么无与伦比的精粹。《千年楼市》就是这样一枚碎片,我希望它能满足一部分读者的爱好。

再次感谢翻开这本书的所有读者,祝大家可以开开心心地读下去。

第一篇 建造与开发

记一次征地事件

漆侠写《宋代经济史》，为了证明封建官僚对劳动人民剥削压迫之惨重，专门讲了一案例：说是宋理宗绍定三年（1230），时任某府某县一把手的陆子通陆知县，征用农民土地六千亩，按每亩一万文的价格，出让给开发商。征用土地要补偿，陆知县定的补偿标准，每亩只补五百文，和出让价格相差二十倍。失地农民当然不干，去找陆知县讲理，陆知县不接待，他们就上访，告到宰相史弥远那里。史宰相先是大骂地方官胡闹，把好好的政策念歪了，然后当着大家的面，给陆知县写了封信，让他改正错误，秉公办理，最后一一握手，送大伙回去。

这些上访者高高兴兴回到家，等到的却不是合理的土地补偿，而是陆知县带来的捕快和弓箭手，所有上访的，以及在下面起哄的，都被点了名，牵了牛，拆了屋，烧了房，和父母兄弟老婆孩子一起，进了"学习班"，用大粪灌了个溜够。

从学习班出来，还有人纳闷，不明白史宰相的亲笔信为啥不顶用，一打听才知道，原来人家史宰相就是买地的开发商。这回彻底服了，乖乖地交出地契，乖乖地在协议书上签字。至于补偿，原先是有的，大家偏要闹，把陆知县惹火了，一文钱

也没给。

说起史弥远,大家可能听说过,他是南宋有名的奸相。南宋绝大多数居高位者对买地都有强烈的爱好,史宰相作为居高位者之首,买地也算合乎情理。那个陆子遹陆知县,《宋史》无传,本人名气不大,他爸爸却是赫赫有名的陆游陆放翁。不过这厮征地不给钱,还下狠手治老百姓,丢了他爹陆游的脸。所以跟他同时代的诗人刘宰骂道:"放翁自有闲田地,何不归家理故书?"另一个词人魏了翁也骂,说他"巧取豪夺,大伤阴德,亏负乃父多矣"。

但"阴德"这玩意儿是虚的,史弥远不怕别人给他戴"奸相"帽子,陆子遹也不怕"亏负乃父"。在上述案例中,通过这次土地征用,史宰相和陆知县都捞了不少好处。还记得绍定元年(1228),史弥远在临安城郊买地二十五亩,支付价款二百万文,每亩花了八万;这回从陆知县手里买地,每亩只花一万,总共六千亩地,一下子省了四个亿。而陆子遹按每亩一万出让土地,补偿款是零,又不用搞什么"三通一平",六千亩地卖六千万,完全是白赚。这六千万,本级财政存一点,上级主管送一点,再给办学习班的县尉、捕头们分一点,剩下的,当然是要塞陆知县腰包的啦!

除了经济上的好处,还有政治上的好处。陆知县让史宰相省下四个亿,又用雷厉风行的手段平息了上访事件,史宰相会忘了他吗?当时三年一大计,五年一迁转,大计就是考核,迁转就是换届,不管考核还是换届,史宰相都会关照一下吏部:"那个谁,精明干练,很有魄力,放翁家的千里驹嘛,回头你们研究一下!"陆知县还不嗖嗖地往上蹿?

当然,陆知县取得这些好处,并非完全没有风险。按照大宋律条,官府征用私田而不给补偿,或者补偿低于市价,属于"在官侵夺私田罪",侵夺一亩以内,受杖六十;超过一亩,受杖七十;三亩以上,杖一百;超过五亩,徒一年半。"杖"是往屁股上抡板子,"徒"就是劳动改造。陆子遹强征民田六千亩,抡板子能把他屁股打烂,劳改能让他把牢底坐穿,真要有人告到刑部,风险还是蛮大的。但律条是律条,现实生活是现实生活,他老兄办上几期学习班,哪个皮痒的敢上访?即使上访了,还有史宰相撑腰呢,刑部官员敢定罪,不要前程了他!

启蒙思想家卢梭说过,每个官员身上都有三种意志,一种是人民的意志,一种是上级的意志,一种是他自己的意志。陆子遹身上也有这三种意志。我查南宋方志,发现此人刚做官时,"兴办学校,习行礼仪,习俗顿革,民赖以安",兢兢业业做了不少好事。后来为什么变坏了呢?我能给出的解释是:陆子遹刚开始还是生手,以为上有朝廷,下有百姓,人人都能监督他,如果做好官,朝廷提拔,百姓拥护;如果做坏官,朝廷处罚,百姓检举,所以还是做好官更好。换言之,他必须服从上级的意志和人民的意志,才能达成他自己的意志。可是做到后来,终于明白上级的意志跟他是否清正廉明并没有必然联系;至于人民的意志,百姓们人数虽多,却不掌握选票,基本上可以忽略不计。既然这两种意志都不用服从,那么他自己的意志就蹦出来了,无论为了升官还是为了发财,招数都多着呢!

为了避免官员们只服从他自己的意志,卢梭设计了一套双重

监督系统。在这套系统里,仅凭上级考察不作数,一个官员的前程还取决于老百姓的选票。无论西方世界还是我们这儿,这套系统都在使着,尽管使用效果各有差别,但像征地不给钱这样的荒唐事儿毕竟不多了。可是您得明白,陆子遹活在南宋,拉他进双重监督系统是不现实的。

元丰六年的拆迁补偿

北宋九朝，一百六十余年，在首都东京汴梁，先后实施过这么几个大项目：雍熙二年（985）九月，宋太宗改建楚王府；景德四年（1007）八月，宋真宗建造凯旋亭；景祐二年（1035）十月，宋仁宗为百官新建住房；元丰五年（1082）腊月，宋神宗为列祖营造神殿；元丰六年正月，杨景扩建内城；崇宁五年（1106）二月，蔡京扩建外城。

这些工程，动作都不小，有的要拆迁民宅，有的要占用耕地，按理说，政府得掏腰包，给被拆迁、被占用的权利人一些补偿才对。但是很奇怪，除元丰六年扩建内城那回还像模像样地提到拆迁补偿之外，别的工程在预算里根本就没有补偿这一项。举例言之，雍熙二年，宋太宗改建楚王府时，共迁出机关三处和居民六户，没给人家一分钱的安置费；景德四年，宋真宗建造凯旋亭时，在开封以西、洛阳以东，绵延占地数百顷，大部分是农田，也没给人家一分钱的补偿费。

当然，象征性的补偿还是有的，通常是在另一处地方，指一片空地，让拆迁户自己去盖房子，同时减免物业税若干年；以及从官田里划出等量的耕地来，交给土地被征的农民，作为口

分田,同时减免农业税若干年。这种补偿,现在叫作"实物安置"。实物安置并不是不好,只是当时的安置办法很难保证拆迁户生活水准不下降。这一点,也不用拆迁户喊冤,皇帝自己就清楚。譬如宋太宗,他几次想扩建宫城,一见图纸就憋住了,说:"内城偏隘,诚合开展,拆动居人,朕又不忍。"意思是说他很仁爱,尽管内城很小,早该扩建了,他却一直不扩建,因为不忍心看着老百姓搬家。其实假如补偿到位,拆迁户高兴还来不及呢,根本犯不着让他"不忍"。

拆迁户高兴的时候,应该是在元丰六年,也就是1083年。在这一年,王安石的追随者,开封府推官祖无颇,起草了中国第一部拆迁补偿条例,并且很幸运地获得了宋神宗的签字批准。根据条例规定,政府有责任对拆迁户进行实物安置和货币补偿。如果是实物安置,由京城兵马司测量待拆住宅,由户部和左藏库拨款,由将作监在别处建造同等面积的住所,供拆迁户居住;如果是货币补偿,由提举京城所(元丰改制时新设的防务机构)对待拆住宅进行估价,取房契上的原价和房屋的时值,折中作为补偿标准,由户部和左藏库出资补偿。

这一年六月,开封府拆迁户一百二十家,获得补偿"二万六百缗",平均每户能领一百七十多贯,按照铜钱在当时的购买力折算,大概相当于人民币一百多万元。钱不算多,但我猜那些拆迁户已经很高兴了,毕竟跟以前相比,这是一个大进步。

宋朝的环境影响评价

盖新房也好，拆旧房也罢，都会有噪声，有灰尘，有废弃物，都会对附近的地形、水质、生物种群、文化环境和人类生活造成一些影响。

这些影响不只是今天才有。

欧阳修有诗："碧瓦照日生青烟，谁家高楼当道边。昨日丁丁斤且斫，今朝朱栏横翠幕。"（《欧阳修集》卷五十四）欧阳修生在北宋，那个时代没有推土机、搅拌机、挖掘机、升降机，人们盖房只用斧子、锯子、凿子、锤子，但还是免不了发出"叮叮"的噪声。假如欧阳修不是路过，而是住在附近，这持续不停的斧凿声一定使他心烦意乱，坐立不安，既填不出好词，也吟不出好诗。

陆游有日记："陂泽惟近时最多废，吾乡镜湖三百里，为人侵耕几尽。阆州南池亦数百里，今为平陆。……成都摩诃池，嘉州石堂溪之类，盖不足道。"（《老学庵笔记》卷二）这段话写于南宋，当时的农业生产已经足以让湖泊消失、让河流改道、让昔日沧海变桑田了。

岳飞的孙子岳珂曾经居住在江西九江，九江有座山叫负山，

山上有种黄土，适合涂抹墙面，以至于方圆百里的居民都来开采，才几十年工夫，那座山就被挖掉一半，"独余一面壁立"。（《桯史》卷一）这是住房建设影响自然环境的事例。

北宋初年的宰相赵普曾经在洛阳盖房子，光红松就用了两万多根，致使木材供不应求，价格暴涨，许多人为赚钱，纷纷改行去伐木，把一小片原始森林砍伐一空。（参见司马光《涑水记闻》）

既然住房建设会对周边环境造成这么大的影响，我们就有必要在动工之前做一些可行性分析，看哪些房子是可以盖的，哪些房子是不能盖的，哪些房子是应该这样盖而不能那样盖的。这个过程被叫作"环境影响评价"，简称"环评"。

20世纪60年代，美国人制定了一部《国家环境政策法》，要求大型建设项目必须做环评。21世纪初，咱们中国也制定了一部《环境影响评价法》，同样要求大型建设项目必须做环评。宋朝当然没有类似的法律，但是已经有人出于某种朴素的公德心或者责任感，开始进行着原始的环评，并依据环评结果决定是否动工了。

这样的先驱者有两位。

一位是北宋初年大将曹彬。某年腊月，曹宅正房坍塌，家人要翻修，被曹彬制止了。曹彬说："现在是冬天，小动物正在冬眠，说不定咱家正房下面就有些蛇啊青蛙啊什么的，你这一翻修，把它们压死了怎么办？"（参见欧阳修《归田录》）站在环评的角度讲，曹彬这段话就是关于生物多样性的前景分析。

另一位是宋太宗赵光义。雍熙二年（985），赵光义准备扩

‖ 欧阳修画像,出自《唐宋大家画像传》,现藏日本早稻田大学图书馆。

建宫城，后来一看图纸，又把念头打消了。大臣询问缘故，赵光义说："你瞧这图上，紧挨着宫城就是民房，宫城外扩至少得强迁几百户居民，我不能只图自己安居而让更多的人难以安居。"（参见《宋会要辑稿》方域一）赵光义是对拆迁前后的居民生活条件做了个评估。

太监包工

故宫博物院有一座乾清宫,据说以前是皇帝住的地方,由明至清,起码有一打皇帝在这儿睡过觉,批阅过奏章,接见过大臣,有时候,这儿甚至还要停放皇帝的尸体,所以从功能上讲,它相当于皇帝的卧室、书房、会客厅兼太平间。因为它这么重要,所以被盖成九间宽、五间深、二十米高、红墙黄屋顶,很高大很宏伟的样子。

万历年间,这座乾清宫的某一扇窗户坏了——史书上没说具体哪里坏了,也许是螺丝生了锈,也许是框架变了形,也许是皇帝跟皇后打架,一头把窗纱撞了个窟窿,总之是坏了。坏了就要修,几位负责日常维修工作的太监先造预算,得出的结论是:大概需要五千两银子。这个预算报到工部,工部的官员吓了一跳,修个窗户而已,怎么能花这么多钱?太监们反驳道:"你们嫌多,我们还觉得不够呢!"

修一扇窗户究竟要花多少钱,现在可没法估计,因为我们不清楚那扇窗户是什么构造,究竟用什么材料。如果窗框用纯金,窗格用纯银,窗棂上镶嵌翡翠、玛瑙、夜明珠,说不定就得五千两银子;如果只是雕工花哨些,材料只用杨木、柳木之类,甭说

五千两，五两银子也绰绰有余。

当时工部的官员还是比较了解情况的，据他们估计，修这么一扇窗户，连五十两都花不完，太监们多报少花，已成惯例，不管经手什么工程，都要捞一把，所以"天家营建，比民间加数百倍"（《万历野获编》卷十九《京师营造》）。换成大白话就是说，同一项工程，如果甲方是私人，一万块钱就能搞定，如果甲方是国家，几百万也搞不定。

还有个例子是在清朝。溥仪刚即位的时候，年龄还小，在紫禁城走路老摔跤，隆裕太后看了心疼，让人把地面平整一下。这项工程由一位叫王子元的太监负责，他大笔一挥，把预算造到一百六十万两，实际花在工程上的只有六十万两，约一百万两银子被他私吞了。（参见《清稗类钞》第一册《王子元中饱》）

当时朝廷有工部，宫廷有营造库，两个机关都有权对这项工程进行审计，王太监的动作搞这么大，他们不至于查不出来。但是我想，王子元贪污的那一百万两银子里面，至少有三分之一是要分给工部和营造司的，这笔钱足以保证在审计环节上不出问题。同样道理，在明朝那个修窗户的小工程里面，工部之所以说预算有问题，想必也是因为太监们还没打点到，只要能够利益均分，相信工部官员们会很爽快地在预算上盖章。这可不是官员素质高不高的问题，一般来说，只要腐败起来没有风险，就会有大批的官员跟太监合作起来搞腐败。

报数与报价

孔子他老人家大概是讨厌数学的,所以儒教时代的中国也不喜欢数字。从备受黄仁宇批判的"不会用数目字管理"的明朝,到推算历法都需要传教士帮忙的清朝,靠的都是尊卑有序,即使有一堆数字,跟圣贤的道理比起来,其威力也可以忽略不计。英国政治家迪斯雷利说过,这世上有三种哄人的东西:谎言、可诅咒的谎言以及统计数字。他的意思是,数字瞧起来精确无比,却未必符合客观事实。

举个例子。1610年,大明朝廷重修北京正阳门,让太监做造价预算,两天后,预算报告交了上去,各项费用都列得清清楚楚,每一项都精确到了小数点后面第四位,加总之后,整个工程需要白银十三万两。(参见《万历野获编》卷六《箭楼》)这个数字显然也是不符合客观事实的,工部营缮司承包过类似工程,只花了三千两银子,即使后来建材涨价、工资上调,也顶多六千两就拿下了,怎么一下子就要十三万两呢?合理的解释只有两条:

一、做造价的太监不会看图纸,所以算高了;

二、他们故意往高里算。

我偏爱第二个解释,因为当时主要是太监在承包工程,造价算得越高,他们捞钱的余地就越大。这样报价很假,但对报价的人很有利。

我是学测量的,做过一些农田水利工程预算,据我所知,施工方报价与性调查对象报数一样,都有多报和少报的可能。如果那工程是别人掏腰包,那么就多报,好捞钱;如果是自己掏腰包,那么就少报,好省钱。这里多报不是因为吹牛,少报也不是因为怕羞,但都是为了对自己有利。

继续说正阳门那个工程。在大明朝算工程造价是要按定额的,木作、石作都有"料例",材料、人工都有"时估",多少土方花多少钱都已定死,按说不会出现如此大幅度虚报造价的问题,那几个太监是怎么把预算做到十三万两的呢?我有幸见到另一个案例:1523年,大明朝廷整修乾清宫,约需工匠一百七十人,当时内官监太监陈林做预算,竟上报现役军匠两千三百人。(参见王世贞《弇山堂别集》)您瞧,定额虽然没动,造价依然上去了。

房子齐步走

东汉末年，黄巾起义，左中郎将皇甫嵩受命讨伐，行军至安阳，从中常侍赵忠门前经过，发现他家的房子很大很豪华，就写了一封举报信，说赵忠"舍宅逾制"，应该没收。这封信递到中央，朝廷果真把赵忠的房子没收了。

所谓"舍宅逾制"，就是盖房违反了标准。众所周知，过去咱们这儿是礼制社会，干什么都要讲究个标准，包括穿什么衣服、吃什么饭、坐什么车、住什么房子、戴什么饰品、说什么话、行什么礼，都给你定得死死的，你是什么身份，就用什么身份的标准，不用不行，用错了更不行。据说这样把人往死里折腾，是为了给大伙洗脑，让儿子更孝顺，妻子更坚贞，百姓更愚蠢，臣子更忠心。儿子孝顺，当爹的高兴；妻子坚贞，做丈夫的高兴；百姓愚蠢，官员们高兴；臣子忠心，皇帝他老人家高兴。所以那些标准的受益者是父亲、丈夫、官员和皇帝。对儿子来说，父亲是领导；对妻子来说，丈夫是领导；对百姓来说，官员是领导；对臣子来说，皇帝是领导。所以归根结底，那些标准的受益者是领导。所以当你违反标准的时候，领导会不高兴，如果条件允许，他们还会采取措施让你受受教育。赵忠就是个例子，

如前所述,他盖房违反标准,使得领导对他采取措施——没收了他的房子。

赵忠盖房违反了标准,史书上却没说怎样盖房才算合乎标准,或许在他那个时代建房,领导就要求整齐划一了?赵忠和他的街坊们盖房,是不是要统一盖成公寓,公寓上统一带阁楼,阁楼上统一装太阳能,太阳能统一买一个牌子?

我不知道。

我知道房子站在队里,领导站在队外,领导喜欢让房子站得整齐一些,然后他吹起哨子"一二一,一二一",所有房子齐步走。

北魏第一高楼

《洛阳伽蓝记》说，北魏时，洛阳有个永宁寺，永宁寺有个南门，南门盖了一门楼，门楼高二十丈。

一丈即十尺，二十丈就是二百尺，北魏尺又分三种，最短的二十五厘米，最长的二十九点六厘米，不长不短的二十八厘米，我们取最短的，二十丈也有五十米。今天建一幢商厦，底层挑高五米，上面层高三米，要建够十六层，才能赶上北魏一座门楼。所以这门楼可够高的。

《洛阳伽蓝记》又说，这些门楼全是木构建筑。而我们知道，现存最高的木构建筑是山西应县木塔，高达六十七米，有这位老大罩着，五十米高的门楼还不算太惊人。

接下来的记载就有些惊人了。《洛阳伽蓝记》说，洛阳还有个瑶光寺，瑶光寺里有座塔，塔分五层，高五十丈，换言之，至少一百二十五米。

更惊人的是永宁寺塔。《洛阳伽蓝记》说，永宁寺塔"高九十丈"，"有刹复高十丈"，"合去地一千尺"，那么就有二百五十米高了，换成写字楼，至少得建八十层。郑州裕达国贸被誉为中原第一高楼，才二百二十米，跟永宁寺塔一比，就有点

儿山中无老虎猴子称大王的意思。永宁寺塔地下有知，大概也会像阮籍那样，慨叹一句"时无英雄，遂使竖子成名"吧。

从技术的角度讲，我觉得《洛阳伽蓝记》是夸大了，因为木构建筑全用柱子撑着，柱子的长度限制着挑高，而瑶光寺塔才五层，就高达一百二十五米，刨去台基和塔顶，单层挑高也得二十多米。我倒不怀疑一座塔能不能建这么高，只是怀疑当时的建筑商从哪儿才能找到这么长的原木做柱子。

不过从情理上，我相信北魏人绝对有把佛塔建到上百米乃至几百米的决心，就像现在每一座城市都有把某个待建项目建成当地第一高楼或全国第一高楼或全球第一高楼的决心一样。

在《洛阳伽蓝记》中，那座二百五十米高的永宁寺塔算得上是洛阳第一高楼了，说不准还是当时的全国第一高楼乃至全球第一高楼，因为此塔建成后，有一位波斯胡人去参观，感叹自己走遍全球，也没见过这么高的建筑。又据正史记载，此塔是魏明帝他妈出的资，等装修完，老太太扔掉拐杖，一直爬到最高层，俯视天下众楼，无一不在脚下，刹那间容光焕发。

二百五十米高的建筑在今天是不稀罕了，所以这老太太要是活到现在，大概还会把永宁寺塔拆了重建，建到上千米，超过台北101，超过阿联酋的迪拜塔。

‖ 河南省太康县高贤乡寿圣寺塔，此塔为宋代建筑，高四十米。作者摄。

个性的房,手工的鞋

且说《红楼梦》里那大观园,横跨宁、荣二府,临着后街,南北七十丈,东西五十五丈,扣除凤姐院子占去的西南一角,还剩三千六百个平方丈,整六十亩,近四万平方米。在这块地皮上,错落有致地安排着怡红院、潇湘馆、秋爽斋、缀锦楼、暖香坞、蘅芜苑、晓翠堂、稻香村、玉皇庙、达摩庵、省亲别墅、凸碧山庄等十二处主要建筑,占地约五千平方米,建筑面积无法测量,但绝对不会超过一万平方米,因此土地利用率低于零点二,容积率低于零点三。至于楼间距,最窄也有四十米,而且除了缀锦楼与省亲别墅,别的全是单层,绝对的低密度住宅,纯别墅生活,比一向冒充别墅的Town House概念不知高贵了多少倍。

不过大观园的招牌并不是靠低密度这一时尚元素撑起来的,如您所知,它的设计理念和人文关怀才是内涵所在。譬如黛玉住潇湘馆,潇湘馆就必须粉墙黛瓦前竹后泉,清秀俊雅如黛玉诗词。宝钗住蘅芜苑,蘅芜苑就必须大开间、简装修,豪华打着底子,墙面透着矜持,老成世故如宝钗性格。惜春爱画,她的藕香榭就四面皆窗,随处可以取景。宝玉爱玩,他的怡红院就销金嵌宝,花团锦簇,满墙抠槽子存放五颜六色的家伙。秋爽斋三间屋子不曾隔断,因为其业主探春豪爽干练偏爱阔朗。稻香村黄泥矮墙木篱茅屋,跟它的房东李纨一样清心寡欲,无比郁闷俏寡妇。什么叫个性住宅?这就叫个性住宅。

　　大观园的设计师名叫山子野,此人在《红楼梦》中很不显眼,但如果有机会,我会怀着无比敬仰的心情拜访他,和他探讨一下个性住宅的核心理念。在我看来,个性住宅跟是否水岸别墅无关,跟是否欧陆风情绝缘,跟是否顶级豪宅至尊享受更加的不沾边儿,它只是更为适合居住者的实际需求而已。山子野没有拉出"个性住宅,时尚主张"的巨幅广告,这就挺好,广告塑造的个性永远是反个性的,因此也是反需求的,每个呈现在户外媒体上的个性住宅,都只能让小白领在精打细算的有限选择中,艰难地维持某种臆想的个性。

　　余生也晚,大观园是见不到的了,倒是见了不少号称"个性"的现代住宅,它们憋着劲儿往个性靠拢,但您瞧得出来,那些个性都是批发来的。我没说开发商太笨,也不认为设计师太蠢,企业家挂出个性的招牌,出售并不个性的产品,正是经济上最聪明的选择。举个例子,探春曾给宝玉做过一双鞋,宝玉喜欢得了不得,假定若干年之后,宝玉还想再要一双那样的鞋,而此时探春已经远嫁东南亚,做了华侨,会手工活儿的姐妹也都上班做了白领,那么宝玉只好拿着旧鞋,找鞋厂照样子加工一双。那厂家会说:不知宝二爷要下多少订单?五万双以下的活儿我们可不接啊……

‖ 清刻本《新镌全部绣像红楼梦》中的林黛玉与潇湘馆

造房子就和做鞋一样，当手工技艺变成了建筑模数，经验估算统一为造价定额，你想得到严格符合自己需求的住宅，也得有足够的经济实力才行。

水边的商铺

"塌房"这个词儿,在今天可不是什么好词儿,这个词儿一旦粉墨登场,就意味着一声巨响,然后是尘土漫天,然后舞台的布景上,一片残垣断壁,几口飞血。

在南宋则不然。在南宋,"塌房"不是吓人一跳的动词,而是温文尔雅的名词,它给人的感觉不但不恐怖,还漫着水气,泛着光影,明目皓齿,静女其姝,有点儿"云在青天水在瓶"的意思。直接些说,就是建在水中的房子,悬山,飞檐,曲廊,玲珑窗,平座高挑,四面皆水,隔岸有浮桥,租给南来北往的客人,当货仓用,当店面用。

那是南宋中后期了,临安城挤满了蜂拥而至的皇族、军户、富商和难民,东西南北数十里,人烟生聚,民物阜蕃。人一多,城就窄,空间就成了金钱,有路子的衙门各显神通,临街建邸店,背街建客房,把能开发的土地全都开发了,偌大一临安,只剩下水面还是空的。这时候,又有人把发财的希望寄托在水面上,一群皇亲和富户,以及几家寺院,在北关水门、梅家桥畔、白洋湖的小岛上,见缝插针地建起房子,然后赁出去,按月收租,名叫"塌房"。

翻翻真宗实录，其实早在北宋，东京汴河两岸就有塌房了，也大多是私人开发，用来作商店，还有租给官妓当营业场所的，极像明代南京秦淮河畔的河房。我不熟悉宋元白话，不懂"塌房"俩字儿的本意，只能猜测，它大概就是指水边的仓库或者商铺。

如上所述，北宋东京有塌房，南宋临安有塌房，元大都是什么情况不得而知，到了明朝，塌房则是遍地开花了的。朱元璋定都南京，曾让工部在三山门外，临秦淮建塌房，然后赁给商户。朱棣定都北京，也让工部在彰义门外建塌房，然后赁给商户。后来明代宗朱祁钰执政，不仅京城，连京畿大兴、宛平两县，也建了塌房上万间。

宋朝塌房多属私人开发，政府至多只能收些营业税，明代塌房则全是朝廷兴建的。朝廷有本钱，也有势力，可以强令商户们搬进塌房营业，可以让厢坊长吏代收月租，从客源到管理，每一个环节都没风险。北宋朝廷向汴河沿岸居民征收过"塌房钱"，那不是房租，而是营业税。在《明史·食货志》里，则有归属杂课的"塌房税"，那却不是税，而是房租。

最后说说租金吧。洪武二十四年（1391），南京的塌房，每间每月纹银一分。宣德四年（1429），北京的塌房，每间每月宝钞五百贯。

在意念中完成开发

一千多年前,南京城还是一片乱摊子,城区很小,人很稀少,房价很便宜。城中有位杨先生,总想找个能赚大钱的项目。杨先生又有个朋友,姓钱,人称钱处士,钱处士建议去炒房地产。杨先生说:"别开玩笑了,就咱这破地方,搞房地产也没人买呀。"钱处士说:"你只管去西郊圈地,包你稳赚,赚了分我一半,赔了算我的。"

彼时是大唐末年,军阀割据,群雄并起,小政权接二连三地出现,在江苏境内,杨行密建立了吴国,定都在扬州。钱处士的分析是,扬州没有战略优势,而南京自古就是兵家必争之地,杨行密要想发展,一定会迁都到南京来,到时候大批移民也会随之而来,而南京只有西郊有大片荒地,所以移民们很可能被安置在西郊,西郊也就繁华起来了,繁华之后,地价飞涨,杨先生就赚了。

在我们看来,这个分析头头是道,很有战略眼光。其实不然,杨先生一眼就瞧出了漏洞所在:第一,吴国力量不大,指不定哪天就要被人灭掉,都灭掉了还迁什么都?第二,即使没被灭掉,迁都也是个大工程,可能要花三年五年,也可能会是十年八年，如果一直没迁成，咱的钱岂不是会一直被套牢？第三，即使很快迁都了，也跟来了大批移民，也不敢断定西郊就是移民安置区，领导瞎指挥的多了，假如杨行密一拍脑袋，偏在东郊安置移民，西郊还是繁华不起来。

然而钱处士神秘地说："风险总是有的，但是哥们儿，咱是投资方，有规避风险的绝招啊。"杨先生心有灵犀，于是圈地，于是七通一平，于是建了商铺和住宅。没出四年，那里的地价果然飞涨起来，杨先生狂赚了一笔。这时是大唐天祐二年（905），杨行密并没迁都，南京西郊并没出现大批移民，大概钱处士使出了规避风险的绝招，让大伙都看涨了。至于用什么绝招，比如说，传播一条即将迁都的消息，找一帮专家论证房价的升值空间，通过什么协会发布房价一路上扬的统计数据，或者先低价开盘再猛地调高让你看到果然升值很快……

事实上，只要看涨的人超过三分之一，其他不看涨的也会跟着买进（他们固然看跌，却要赚看涨者的钱），然后本来微涨的地皮，便随着人们的意念狂涨起来。据说玄门内功练到极处，只要集中精力一想，就能把油灯噗地弄灭，把玻璃啪地打碎，就能千里之外取人首级，这些都是念力的作用。千年前跟在投资方屁股后面看涨的南京人就有这种念力，他们看涨，房价、地价果真就涨；反过来说，如果大家都看跌，那么房价、地价果真就跌。想到自己有如此强大的念力，您可能会骄傲起来。然而必须明白，这念力的一头操纵在别人手中，您自己其实无能为力。

在元朝自主建房

对一般官吏来讲,元朝要比宋朝好得多。宋朝原则上不分房,京官无论大小,一律租房居住,偶尔分一回,也只照顾部级以上领导,以及战功赫赫的将军。元朝则从建国起始,就给半数京官和所有地方官分了房。这种房子,史称"系官房舍",类似后来的机关大院。

可惜不是每个人都能做官,据好事者考证,元朝官吏仅占总人口的千分之五。换言之,每两千个人里面,平均只有一个能住公房,其余一千九百九十九个都要自己解决住房问题。那时候,除了将作院这个国营的大型建筑企业,不存在专门的开发商,二手房交易正受宗族打压,宋朝那样大规模的公房出租风光不再,民间的租房市场要到明朝才会复苏,所以,那一千九百九十个人走的还是自主建房这条路。

假设当时有个叫李小二的人,此人不是官吏,没有公房轮到他住,按照我们的要求,他必须建一处四开间、带小院的漂漂亮亮的青砖大瓦房。

首先,李小二要做个预算:为建这套房,需要多少黄土、多少木料、多少青砖、多少板瓦、多少石灰、多少铁、多少铜以及多少铝。再算一下装修材料,大概需要多少麻捣、多少桐油、多少朱砂、多少藤黄、多少青黛、多少紫檀、多少细墨、多少定粉和生漆。预算做好后,小二就可以去建材市场了。

元朝的建材市场比较分散,如果小二是大都人,那么他买木料要去卢沟桥,买青砖要去阜成门,买板瓦要去琉璃局,买石灰要去东土城,买各种金属要去沙坡峪。买颜料则方便一些,出门就是颜料铺。另外还有黄土,这是所有建材中需要量最大的。本来随处能取土,不需要购买,自从至元十三年(1276)下了红头文件,不仅城内严禁取土,在城郊取土也要受罚,想用土必须找五城兵马司申请,然后拿着批文到少府监购买,一车土宝钞三十文,童叟无欺。

建材大体备齐,小二选个良辰吉日,开始动工建房。今天咱们迷信分工,功能退化,别说建房,连装修都要被人像傻子一样玩;而在元朝,广大人民几乎都是兼职的建筑工人,只要给他足够的地皮、材料和时间,一个人就能把房子建起来。李小二当然也有这个本事,但他不逞能,为了赶进度,除他本人掂着瓦刀上阵外,还雇了一个泥水匠、一个木匠和两个垒工。泥水匠带着泥镘、泥托,木匠带着刨子、水平尺,垒工带着麻绳编的泥笕子,他们包工不包料,小二管钱不管饭,各自努力,彼此默契。

约莫三个月以后,李小二的新房拔地而起,连买料带雇工,合计花去宝钞一百四十贯,折合人民币九千元。

这里一直没提地皮的事儿,因为在元朝盖房不用买地,递个申请上去,政府会批一块官地给你的,以后每月交一次租金,时称"地基钱"。

窦乂治生

唐朝中叶,陕西扶风有一人,姓窦,名乂(yì),是工部尚书的侄子、安州刺史的外甥。十三岁那年,窦乂舅舅从江南来,捎回十几双丝鞋,遍送众甥侄,别的小孩都挑合脚的拿,唯独窦乂选了双大号鞋,拿到集市,卖了五百钱。第二天,窦乂用这五百钱,去铁器铺锻造两根铁钎,在某寺庙内松土挖沟,汲水浇灌,撒上榆树籽。来年开春,榆籽出苗,长到三尺,窦乂剔去稠苗,拉到集市,卖了一千钱。第二年,榆树长到鸡蛋粗细,窦乂又剔苗出售,卖了四千钱。五年后,榆树长到椽子粗细,约千余棵,窦乂把它们全部卖掉,赚了三四万钱。此时窦乂十八岁,已经有了近五万钱的身家了。此后窦乂大量收购破布烂鞋,雇人晒干捣碎,又买了许多油靛、石蜡、硝石、硫黄、木炭、槐籽,与破布烂鞋混合捣匀,搓成三尺长、三寸宽的长条,前后做了万余条,取名"法烛"。当年六月,京城连日阴雨,柴炭奇缺,价格大涨,窦乂出售法烛给人做燃料,每条卖到一百文,赚了百余万。有了这么多本钱,窦乂开始进军房地产领域,在长安西市买下十亩荒地,建成店铺二十间,出租给商户,大赚一笔。唐德宗建中年间,太尉李晟在长安东市建房居住,因为西征时杀人过多，常疑心宅中闹鬼，住不安稳，想把房子卖掉，他人得知内情，都不敢买，唯独窦乂不忌讳，用十万二千钱买下，推平之后，开发成酒楼，转手卖了近二百万。

上述故事在经济史界屡被引用，有学者认为窦乂颇有现代商业头脑，其种榆树制法烛买荒地建酒楼的事例甚至可以进入哈佛MBA经典课程。我倒觉得上述故事瞎编的太多，写实的太少：

第一，窦乂十三岁时撒上的榆树籽，未必能在五年内长成千余棵椽子，即便土壤肥沃风调雨顺，又没有病虫害，其他条件也不允许——他利用的是寺庙空地，容得下千余棵小树苗，容不下千余棵椽子。

第二，即便窦乂真在屋后空地成功培育了千余棵榆树，也未必能卖到好价钱。

第三，做法烛发财那段也非常理想化，毕竟窦乂没有预报天气的本事，不可能预测到当年六月京城阴雨，更加不可能预测到当年六月柴炭涨价。倘若法烛做好后，京城没有阴雨，柴炭也没有涨价，则窦乂的法烛恐怕一根也卖不掉，这小子要血本无归了。

第四，他斥巨资在长安西市买下荒地十亩，貌似有远见，可是谁能保证那块地将来就能成为繁华地段呢？如果长安西市没能变成商业区，荒地仍然是荒地，不管窦乂花多少钱，都很难收回投资。

唯一可信的，倒是窦乂买太尉李晟房子那段。众所周知，咱们中国鬼文化盛行，人们大多相信宅中闹鬼的事儿，所谓凶宅贱卖是可能的，也是合乎生活逻辑的。

太岁头上动土

皇帝也是人,也跟你我一样,喜欢住新房子,不喜欢住破房子,只要条件许可,他们都会把皇宫弄得宽敞一些、宏伟一些、华贵一些、气派一些,然后舒舒服服住在里面。

赵匡胤也不例外。

公元962年,赵匡胤的屁股已经在龙椅上坐稳了,国库里也有了足够多的钱,就喊来工部的头头,对他下了道圣旨:"那个谁,咱们大内该翻修了,你找有关部门谈谈,拿个方案出来。"

彼时工部的头头是窦仪(不是前文里那个商人窦义),此人接到圣旨,找来户部、礼部,还有开封府的负责人,开了个碰头会。

您知道,翻修大内得花钱,得举行开工典礼,如果宫墙外扩的话,还要拆迁一些民房,所以找户部、礼部和开封府商量都是应该的。但窦仪这人有点儿迷信,还给司天监打了招呼,让他看看风水布局吉凶避忌。司天监掐指一算,值年太岁在西北,就对窦仪说:"别的也没啥,就是西北角的宫墙不能动,因为太岁在那儿。"窦仪就把这一条写进方案,报给了皇帝。

这下赵匡胤不高兴了:"我正嫌西北角不宽敞,要在那里大拆大建,你们偏把西北角给我封死,这不是故意找茬吗?"窦仪诚惶诚恐,说是司天监的主意。赵匡胤又让人喊来司天监。司天监辩解道:"皇上圣明,太岁头上是不能动土的,不然容易招来横祸。今年值年太岁在西北,西北一带还是不拆为好。"赵匡胤勃然大怒:"你说太岁在西北,西北的宫墙就不能动,那么我现在走出宫门,转到城北,那一带宫墙就在我南面了,等我转到城西,那一带宫墙又跑我东面了。当我绕着皇宫转来转去的时候,你说的那狗屁太岁究竟存身何处?它是跟着我转呢,还是一直待在宫墙西北角不动?如果它跟着我转,那就无所谓西北方位,因为任何一个地方都可能是西北;如果这太岁待着不动,那它就是一白痴——它连方向都搞不清嘛!"司天监听完训斥,汗流浃背,觉得自己那套理论果然有漏洞,于是很惭愧地磕头谢罪。

  剩下的故事就不用细说了:翻修方案很快被修改,西北宫墙很快被推平,大内翻修工程顺利开展并圆满结束,这期间皇帝本人一直很健康,宫里也没发生什么命案,看来"太岁头上不可动土"的说法果真不可信。

第二篇

楼市也疯狂

西周的地价

陕西省岐山县董家村出土一铜器,上面刻有这样的铭文:

> 惟三年三月既生魄壬寅,王爯旂于丰,矩伯庶人取瑾璋于裘卫,财八十朋,其舍田十田。矩或取赤琥两、麂韨两、贲鞶一,财廿朋,其舍田三田。

"三年"指周恭王三年,即公元前919年;"既生魄"指每月初八到十五——西周人把每月分成初吉、既生魄、既生望、既死魄四段,初吉是月亮刚刚出现,代指月初,既生魄是月光已经皎洁,代指上旬到中旬,既生望是月圆已过,代指中旬到下旬,既死魄是瞧不见月亮,代指月末;"壬寅"是当日干支;"矩伯"和"裘卫"都是人名,前者可能是西周宗室,后者可能是卫国大臣;"朋"是货币单位,一朋就是串在一起的十枚贝壳。

整段铭文可以这么理解:公元前919年农历三月上旬的某一天,周恭王在丰邑举行阅兵仪式,在这场阅兵仪式上,王室的矩伯和卫国的裘卫碰了面,矩伯眼馋裘卫手里拿的玉璋,用八百枚贝壳去买,这八百枚贝壳如果拿来买地的话,能买一千亩(仅指

土地使用权)。后来矩伯还用二百枚贝壳买了裘卫身上佩戴的装饰品,这二百枚贝壳如果拿来买地的话,能买三百亩。

咱们知道,西周人主要生活在黄河中游,离海较远,本土不产海贝,所以对沿海诸方国进贡的海贝很感兴趣,把它们当作吉祥物、随葬品和催产药来用,同时也像夏、商两朝的先民一样,用贝壳来计价和付账。现在出土的西周铜器和金石学家辑录的文献中经常有周王赐臣下贝壳若干,让他们去加工宝器的记录,可见这种花花绿绿的小玩意儿在当时是挺值钱的。

前面铭文里说,八百枚贝壳能买一千亩地,说明每亩地售价零点八个贝壳。铭文里还说,二百枚贝壳能买三百亩地,说明每亩地售价零点七个贝壳。两种说法不太一致的原因,可能是矩伯算错了账,也可能他指的不是同一块地,譬如前面一千亩位于CBD,后面三百亩位于远郊区。不过不管怎么个不一致,一枚贝壳买一亩地还是绰绰有余。

《诗经·小雅·菁菁者莪》有一句"既见君子,锡我百朋",意思是某人见了领导,领导赏他一千枚贝壳,他很高兴。以前不知道贝壳在西周的价值,觉得这家伙小题大做,现在终于明白他为什么高兴了:一千枚贝壳相当于一千多亩地耶!

居延房价

"居延"是地名,在甘肃和内蒙古交界处,曾经是汉代驻军屯田重镇,从20世纪30年代起,这里先后出土过几万枚汉代竹、木简,合称"居延汉简"。其中有一支木简,编号为181B,原文如下:

> 三礁燧长,居延西道里公乘徐宗,年五十。妻一人,子男二人,子女二人,男同产二人,女同产二人。宅一区,值三千;田五十亩,值五千;用牛二,值五千。

翻成现代文,就是说居延地区某居民徐宗,爵位是公乘,职务是燧长,年龄五十岁,有一个老婆、四个孩子,其中儿女各两名,都还没成家。一家六口,共有一套房子、五十亩耕地、两头牛,房子估价三千钱,耕地和牛估价均为五千钱。

彼时居延物价,一石粟一百五十钱,一石小麦一百钱,一件皂布单衣三百五十二钱,一条护院狼狗六百钱,一只成年公羊九百钱。把徐宗家的房子卖掉,只能换二十石粟米,或者三十石小麦,或者八件单衣,或者五条狗,或者三只羊。

这只是实物比较,还可以换算成人民币。如前所述,徐宗的房子与三十石小麦市值相等,西汉一石小麦约有二十七斤,三十石小麦共八百一十斤,按现在小麦每斤一元换算,徐宗那套房才值八百多元。

我还见过一支汉简登记居延地区另一位居民礼忠的财产,此人有两个奴隶,估价三万钱;一个丫鬟,估价两万钱;两辆牛车,估价四千钱;五百亩地,估价五万钱;一套房子,估价一万钱。这位礼忠的房子是比徐宗的房子贵了许多,但跟别项财产比起来,还是让人觉得他们家的房子未免估价估得太低了——换算成人民币的话,一万钱只有几千元,现在无论城乡,哪里找得到几千块钱一套的房子?

前面提到的两支汉简一直在经济史界广为引用,有人据此认为汉代居延地区房价很便宜,我却不敢苟同。我觉得,也许徐宗的房子和礼忠的房子都是非常简陋的简易房,造价极低,所以才便宜;又或许为了少缴税,徐宗和礼忠他们故意把自己的房子估价估得低了。

南北朝的房价

总有人嫌房价高得受不了，也总有人嫌房价涨得还不够快，比如替开发商说话的经济学家。经济学家替开发商说话喜欢横向比较：某某城市房价涨到了多少，是我们这地方房价的多少倍；或者某某国家房价有多高，是中国房价的多少倍，等等。这帮经济学家不大喜欢纵向比较，大概是觉得过去的房子比现在便宜，纵向比较没意思。

幸亏他们没有留心南北朝的房价，否则就会发疯地迷上纵向比较，给虚高的房价再撑上一根柱子。

如果只看交易形态，在南北朝买卖房产要立合同，要交契税，谁想卖房，就在门上贴个广告招揽买主，甚至还有人做中介，既当掮客又当估价师——以上种种跟现在也差不多，所以并不稀奇。稀奇的是，那时候社会经济还非常落后，房价居然也能飞到天上。比如说，南朝有个蔡廓，在开封建一处房子，经他哥哥按市价估算，值五十万钱；南朝还有个王琨，在广州买了一处房子，花一百三十万钱；北魏建都洛阳后，许多官员在洛阳建房或购房，竟有人耗费上千万。

您会说，或许南北朝时期的建筑面积超大，虽然贵，但物有

所值,其实当时的城市规划不允许有太大的房子存在,仅以北魏都城洛阳为例,全城二百二十个坊,每坊五百余户平民,平均每户占地不超三百平米。您还会说,或许是通货膨胀的缘故,当一斗米都值万钱的时候,一处房子值几百万也不是问题,然而当时已经不是物价飞涨的东晋了。

排除了上述可能,我们来看南北朝的房价有多离谱。世界银行有个说法:当房价超出居民收入的六倍时,就会对居民幸福构成威胁。而《南齐书》记载:"其民资不满三千者,殆将居半。"也就是说,半数居民的收入只有几千钱,那几百万的房价是居民收入的上千倍,放到现在,这个数字能把世界银行的分析家们全吓疯。

房价高到这个地步,怎么还卖得动呢?这是因为除了穷人还有富人,对穷人来说房价虽然高,对富人来讲却不算什么。前面提到的蔡廓是个太守,据说他到城门口转一转,就能有六七万的进项,五十万的房价不用怎么转就转出来了;王琨是个刺史,刺史年薪两千石,折合成铜钱近一百万,一百三十万的房价不过一年多的薪水而已;至于北魏时在洛阳大批购房的那些人,不是皇亲国戚就是豪门大族,平时吃一顿饭还数万钱呢。可以推想得到,如果现在的开发商生在南北朝,还会继续抬高房价,因为房价再高也有人买。

福利经济学中有个施肥原理,说财富就像肥料,只有撒匀了才见效,如果没撒匀,那就不只是苦乐不均的问题,还会造成物价畸形,这个原理同样适用于南北朝。所以说,在南北朝买不起房的人不该怪开发商涨价,也不该怪买得起房的推动涨价,要怪只能怪贫富悬殊。贫富悬殊是病根儿,也是顽症,短暂而动乱的南北朝没能解决,我们寄希望于这个时代。

题门帖

南北朝时有位庾杲之,在南齐做尚书左丞。他口才好,有回会见北魏使节,人家问他:"贵国的老百姓是不是特爱炒房啊?要不然,怎么家家户户门前都贴一张卖房告示呢?"庾杲之当即用:"朝廷既欲扫荡京洛,克复神州,所以家家脉宅耳"一番话把北魏使节反驳得缩鼻不答,再也不提炒房的事儿。

庾杲之的这番话,载于《南史》卷四十九。《南史》是正史,正史里有些话属外交辞令。也就是说,庾杲之十有八九讲了瞎话,南齐老百姓在自家门前贴广告卖房子,要么就是在炒房,要么是想移居别处。

咱们暂且不管庾杲之话的真假,只关注南齐老百姓贴的那些卖房告示。在南齐,房屋中介是没有的,更不存在网上的二手房交易市场,人们想卖房子,只能靠熟人介绍、房牙牵线,以及自个儿做广告,卖房人往自家门上糊一张售楼启事,就是当时最主要的广告方式。这种广告在当时叫作"题门帖"。

余生也晚,没到南齐去过,北魏使节看到的那种千家万户张挂题门帖的壮观景象,我是没福气看到的啦,恐怕您也没有。不过我们可以发挥想象,想象一下题门帖的样子。在我心目中,南齐的题门帖应该是用高丽纸做的,半个平方米大小,白亮亮的底子,上面几行拳头大的黑字,写着户型、面积和报价,如果可能的话,还会留下手机和电子信箱什么的。之所以这么想,是因为在我居住的小城里,就有人张贴这样的广告。该小城经济落后,信息不发达,没有像样的房屋中介,也没几个人懂得上网,颇像一千五百年前的南齐。

南齐的题门帖虽然见不着,我却有幸见到了清朝的一张题门帖。那张题门帖是这么写的:

> 立经账人钱奇宾,今有自置房屋一所,坐落吴邑阊五图高岗子上,朝南门面出入,计上下楼房四间,上下两披厢,一应装摺在内,情愿央中绝卖于人,如要者即便成交。

这张题门帖写于嘉庆二十四年(1819),现藏日本东京大学东洋文化研究所,编号是8-21。

《南齐书》书影

陈仲躬买房

大唐天宝年间，洛阳有个清化里，里内有一宅子，宅内住了一人，姓陈，名仲躬。陈仲躬原是南京人，参加过几次科举考试，次次都名落孙山，所以心灰意冷，面子上挂不住，觉得难见叔伯兄弟父老乡亲，就离开南京，来到洛阳，在清化里买了房子，想换个环境再考一场。

陈仲躬买的那处宅子很大，前后两进，四五十间，前有鱼池，后有花园，花园里还有一大口井，清化里的许多住户都从这口井里取水。当时打井技术落后，又不通自来水，清化里虽然是大型社区，井却不多，所以街坊邻居们来这儿取水并不奇怪。奇怪的是，有位小姑娘每次打完水，都要站井边往里瞧，搔首弄姿，顾盼自喜，照镜子似的。陈仲躬起初以为那是姑娘爱美，或者小孩子爱玩，倒没在意，哪知个把月后，那女孩突然跳井死了。姑娘家人很悲痛，把她的尸体捞出来，做了几天法事，埋了。打这儿以后，陈仲躬天天做噩梦，梦见井里有鬼，还有毒龙，鬼把人拉进井里，让毒龙吸血。

陈仲躬心里害怕，住不安稳，找来卖主，要求退房。卖主说："陈先生不用费事，我在立德坊还有一处宅子，跟这处大小一样,样式相同,价钱也差不多,您如果乐意,不妨直接搬到立德坊去住。您不用再交房款,我也不用再退房款,咱们重签一份合同,您看怎样?"陈仲躬当然乐意,当晚就乔迁到立德坊去了。第二天,卖主带了房牙一块儿登门,重新起草一份合同,三人签字画押,皆大欢喜。

这个故事出自《太平广记》卷二百三十一,原文对女孩跳井的描述很详细,陈仲躬买房的记载很简略,没说陈仲躬买清化里的房子时有没有请房牙,也没说后来换房时给没给房牙佣金。不过按照唐宋及五代的法律条文和交易惯例,他买清化里的房子时应该有房牙在场。例如后唐天成四年(929),唐明宗曾规定:"如是产业、人口、畜乘,须凭牙保。"(《五代会要》卷二十六)意思是但凡不动产、人口、车马等类交易,必须通过经纪人进行。我们在《唐律疏议》和《宋刑统》里也能找到类似的规定。政府这样规定,倒不是为了给房牙拉活儿,而是为了避免契税流失——在整个帝制时代,房牙除了促成交易,同时还都负有监督和催缴契税的义务,所以政府才强制每宗不动产交易都要让房牙介入。

房牙不是官吏,没资格从政府那里得到回报,但可以从买卖双方手中拿到佣金。其佣金比例高低不等,在中唐及五代,洛阳一带房屋买卖,契税一般是房款的百分之二,佣金一般是房款的百分之十。(参见《册府元龟》卷五百五十四《关市》)也就是说,如果陈仲躬买房花了一百万,那么房牙就能挣到十万。

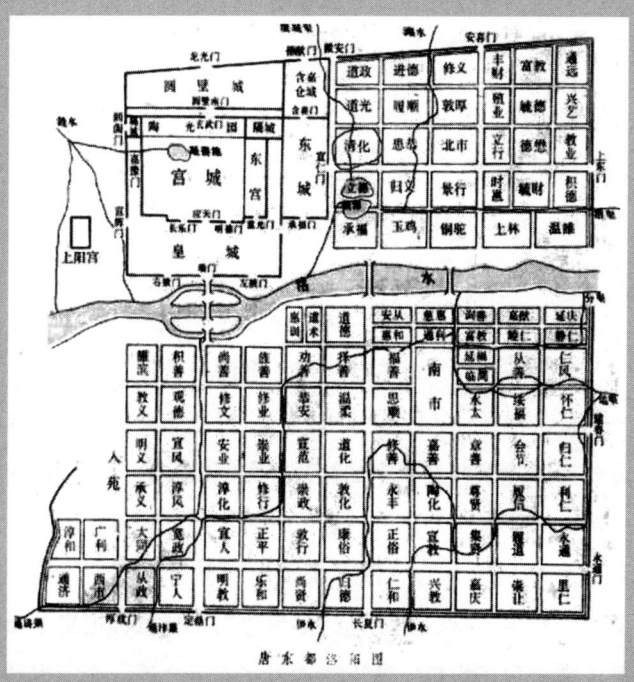

‖ 唐朝洛阳地图，图上画圈处为"清化里"。

宋朝购房流程

在宋朝买房,就跟后来元、明、清三朝一样,都是先立契,再输钱,最后印契。"立契"就是签合同,"输钱"就是缴契税,"印契"就是请有关部门在合同上盖章。

这么说似乎过于简单。

事实上,在买卖双方签合同之前,还有一道手续,叫作"遍问亲邻"。倘若您在宋朝置了房子,即便房产证上注明业主是您老哥一个,其他任何人不得共有,您也没有完全拥有对那套房子的处分权。因为宋朝是个宗法社会,在宗法社会里,个人的财产总有一部分属于家庭,家庭的财产总有一部分属于宗族,直截了当地说,你的房子总有一部分属于你的爸爸、妈妈、叔叔、阿姨、堂哥、堂弟、堂姐、堂妹,如果他们不同意你把房子卖掉,那你就不能把房子卖掉。所以,卖方在卖房之前,必须得到家人和族人的首肯,这个环节就叫"遍问亲邻"。

宋朝法律有规定:"凡典卖、倚当物业,先问房亲,房亲不买,次问四邻,四邻不要,他人并得交易。"(《宋刑统》卷十三)可见卖方在卖房之前,不仅要得到家人和族人的首肯,还要得到邻居的首肯。有必要说明的是,这种首肯不能只是口头允许,正规的做法是"以账取问"(《庆元重修田令》),也就是拿一小本子,把亲戚邻居的名字都列在上面,然后从族长老太爷到隔壁王大妈,让他们挨个签字。倘若其中一个拒签,这房就别打算卖了。当然,拒签也得说出理由,譬如说您败家啦,说您卖房子有违祖训啦,说您损害了他的优先购买权啦,等等。您还别不服,如果打官司的话,这些理由一般都能得到法官大人的支持。可以想象得到,一个宋朝人不管平时有多神气,到了卖房的时候对族人和邻居都是点头哈腰的,以便得到他们的签字。

过了"遍问亲邻"这一关,买卖双方就可以签合同了。在北宋前期,对合同的要求还不太严格,到了政和六年(1116),专项文件开始出台:"人户典卖田宅,议定时值,限三日先次请买定帖,出外书填,本县上簿拘催,限三日买正契。"(《宋会要辑稿·食货》六十一之五十七)按照这份文件的规定,买卖双方要去县衙买张"定贴",起草一份合同,把合同草案交上去,经有关人员审查通过,再买几份"正契",才能正式签订合同。在这里,"定帖"和"正契"都由官方统一印刷,都有固定格式,都挺规范,也都要交钱才能拿到。

"定帖"可以只买一份,"正契"则至少要买四份,因为宋朝中叶以后,官方规定购房合同必须是一式四份:一份买方持有,一份卖方持有,一份交县衙审批,一份留商税院备案(参见《宋会要辑稿·食货》六十一之六十二)。"商税院"是宋朝的税费征收机构,在京城、府城都有设置,类似现在的国税局。

四份"正契"都签完,一块儿报送县衙,然后由买方缴上契税,有关人员会在合同上盖章确认。前面说过,当时有个税务机关

叫商税院,按理说,契税属于国税之一种,应该交到商税院而不是县衙,但商税院一般不设在县城,总不能让购房者为交回契税跑百八十里到州城和京城去,所以就常常由县衙代收。更多的时候,购房者连县衙也不用去,因为签合同时都有房牙在场,房牙虽然不吃皇粮,却能在交易中起到很大作用,他们既是中介,又是担保,既是估价师,又是登记代理人,同时还兼任税务稽查,负责督促购房者及时纳税,买卖双方如果想省事,可以连合同带契税一股脑交给他们,然后跑县衙也好,跑商税院也好,这些人都代劳了,就像现在好多房产中介都能帮您办理按揭和过户一样。房牙也不能白忙活,他们得吃佣金,如果没有特殊约定,佣金都是卖方来出。

像其他所有帝制时代一样,宋朝也没有房产证,等四份合同都盖了章,其中一份就是买方对房产拥有所有权的合法凭据。所以盖章与否,对买方来讲很关键,同样一份合同,不盖章叫"白契",盖了章叫"赤契"(明清两代改叫"红契"),白契在民间或许有用,拿到公堂上就等于废纸一张了。南宋绍兴十三年(1143)有规定:"民间典卖田宅,执白契因事到官,不问出限,并不收拾,据数投纳入官。"(《宋会要辑稿·食货》七十之一四一)打个比方说,您刚买了套房,还没住进去,就被别人给占了,这时候如果您拿着白契去告状,法院绝对不会给您做主。不但不给您做主,还要没收您的房子。

以上是文件规定,具体到司法实践,当时的官员们处理不动产纠纷时,也不把白契当回事儿:"官司理断交易,具当以赤契为主,……白契不可凭。"(《名公书判清明集》卷六)这跟现在买房不过户就不能取得法律保护是一个道理。

宋朝房奴问题

且冒险一回,把历史的时针拨到宋朝,然后扎个筏子,沿长江顺流东去。其间我们别忘了停筏上岸,对沿途民居做些考察。

如果我们命大,将有机会看到青海的土窑、四川的坞堡、湖北的竹楼、江西的茅屋……一路到江浙,又能瞧见成片的瓦房,清一色砖木结构,斗拱分瓣,梁柱卷杀,筒瓦琉璃黄,板瓦翡翠绿。这瓦房,比土窑明亮,比坞堡美观,比竹楼洁净,也比茅屋更能防火防盗,堪称小康生活的象征。这也说明江浙生产力更发达,人民更富裕。

然而富裕不代表幸福。

从五代到宋初,两广人民的住房够紧张了,"四邻局塞,半空架板,叠垛箱笼,分寝儿女"(陶谷《清异录》),建筑面积小到连睡觉的地方都不够,又没钱扩建,只好自己改成小复式。在这样恶劣的住房条件下,固然不会幸福到哪里去,却也不会痛苦到哪里去——大家都这样,就淡化了居住不舒适的心理感受。另一个例子是青海,农牧民每天从土窑里钻进钻出,也没妨碍唱花儿的好心情——想自卑也得有参照物是不是?

江浙跟两广、青海有所不同,在五代时期这里少受战乱之

苦,水利、农业和交通又都占地利优势,使得当地人在宋朝跑步进入了先富阶段,有资本改善自己的居住条件。北宋建国不到五十年,杭州城外东倒西歪的茅屋就已被瓦房代替。建筑材料也趋向高档,不知不觉,青砖取代了土坯,紫檀取代了榆木,桐油取代了麻捣,藤黄取代了红胶泥。这些材料都很贵,未必所有人都用得起,但只要有超半数的人在用,就会形成标准,当别人都按这个标准时,您如果达不到,您就会被耻笑,即使没人耻笑,自己也免不了会难过。人是要面子的,富裕起来的人尤其要面子,为了面子,借钱也要置高档些的房子。就这样,一个时髦的概念呼之欲出了:房奴。

房奴有很多种,一种确实需要改善住房条件,一种是借钱投机想套利,还有一种便是宋朝的江浙人——为了面子而装胖。江浙人借钱搞装修,"其或借债等,得钱首先充饰门户"(张仲文《白獭髓》)。到熙宁年间,杭州甚至有人拿政府贷给的青苗钱买宣纸,买来浸湿捣泥,掺上白胶抹墙,据说能让墙面更光滑。这样装胖自然要付出代价,挣的钱都拿出去还贷了,日常消费受到影响,"妻孥皆衣蔽跣足","夜则赁被而居"(张仲文《白獭髓》),比现在的房奴还惨。

统计一下幸福指数,住瓦房的房奴不见得会比住土窑的农牧民排名靠前,毕竟节衣缩食还贷的滋味并不好受。也就是说,虚荣心总会驱使相对不富裕的人选择当房奴,而当房奴的状态又阻碍着幸福指数随经济发展一同上升。在什么情况下虚荣心会失效呢?一般来说,要么大家都有钱,都置得起好房子;要么大家都没钱,都住土窑;要么没钱的人修养很高,别人的优越对他构不成刺激。前两种情况不现实，因为有钱和没钱是相对的，只要存在收入差距，就存在有钱和没钱的区别。剩下第三种情况，假定人人心如古井，不因有房而炫耀，也不因没房而自卑，从此无欲则刚，肯定不会再去贷钱搞装修了。可是没了欲望，也就没了经济发展的原动力。

元朝的地价和工资

七百二十年前,也就是1287年,元政府收购大米,价钱是每石十贯。

这十贯可不是一堆叮当乱响的铜钱,而是一沓纸币。纸币又分好多种,这里指的是中统钞。

十贯中统钞是多少钱呢?可以用粮价折算一下。

元代一石有九十五公升,装米能装七十六公斤,今天买这么一石中等粳米,得花四百多元。所以可以粗略地认为,在1287年,十贯中统钞的购买力相当于今天的四百元人民币。

就在同一年,广东省雷州市一块四亩五分的土地,卖了三十贯中统钞,换成人民币是一千二百元。元代一亩有五百六十平方米,四亩五分是两千五百二十平方米,平均每平方售价不到五毛钱,够便宜的。

但是地价很快就涨上去了。

1293年,同样在广东省雷州市,同样是那块土地,被买主转卖给一位姓王的人,售价是一百贯(中统宝钞,下同)。

1297年,还是那块地,被再次转卖,售价是一百二十五贯。

1298年,那块地很快又被转卖,售价是五百三十贯。

从最初的三十贯到后来的五百三十贯，才十来年工夫，地价涨了近二十倍，而且涨价的速度越来越快，涨幅越来越大，最后一年居然翻了四番。

跳出个案，放眼全国，我们会发现，几乎当时所有地方的不动产价格都在疯涨。

至元二十一年（1284），山东省东平路行政长官说："典卖房舍，比年添价十倍之上。"

大德元年（1297），江西省行政长官说："目今百物踊贵，买卖房舍，价增数倍。"

大德六年，浙江省湖州路行政长官说："即目前地价，比之往日陡高数倍。"

众所周知，对于地价和房价，官员们一向很难跟小百姓取得一致。现在连各省的长官都说高，那说明实在是高得离谱了。

有朋友开始犯嘀咕：咱们开头算过，广东一块地最初每平方米不到五毛钱，涨个十倍二十倍的，单价也才几块钱，不算高嘛！

别急，咱们还没说到收入问题。1287年，一位在省直机关上班的普通"公务员"，月薪是十贯（当时六部和地方政府中"典书"的薪俸），如果他自主建房的话，花一个月工资就可以买一亩宅基。两年后工资上调，涨到每月十五贯，这时候买地应该也不困难。但此后直到元朝中叶，除了个别年月可以领到一些粮食补贴，工资再也没有上调过，原来一个月工资能买一亩，最后一年工资砸出去，连一分也未必买得到，搁谁不骂街？

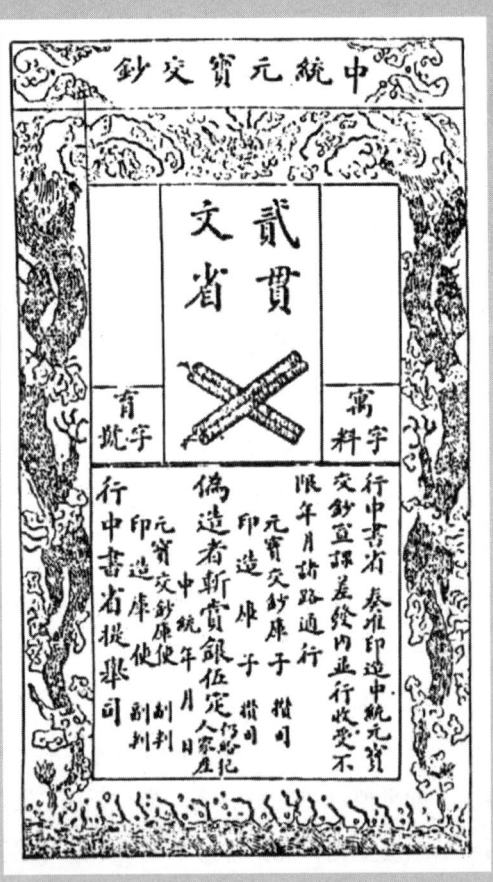

‖ 清刻本《古钞图辑》中的元代纸币"中统钞"

苏辙买房记

朋友送我一套《栾城后集》,说是苏辙写的,笔力老到得很,简直赶超他哥苏东坡。我翻了翻,还没瞧出来苏家哥俩哪个水平更高,倒发现一个很有意思的问题:苏辙这人跟房子打了大半生饥荒。

中国人的老规矩,父在子不立,意思是说,只要当爹的还在,儿子不管长到多大,都不必自立门户;而父亲过世前,也有义务给儿子留些家产。用这个规矩去衡量苏辙他们家,您会发现,苏辙的爸爸苏洵就没尽到义务。

苏辙是宋仁宗宝元二年(1039)出生的,从这年起,到嘉祐元年(1056)进京,苏辙在眉山老家旧宅里住了十八年。等到他和苏轼考中进士,爸爸苏洵也做了十来年的官,在京城却没能置上房子,任由兄弟俩借住公署。后来苏辙、苏轼的爱人和孩子也来到京城,加上丫鬟保姆,一家老小几十口,公署里住不下了,苏洵才去赁了一处宅院,几十口挤在一起。嘉祐五年,苏洵带苏辙移居河南杞县,是租的房子;嘉祐六年,苏洵带苏辙回京闲居,还是租的房子;直到治平三年(1066)苏洵病故,除了眉山老宅,没有给儿孙留下一处房产、一块土地。苏洵遗言中没提房子的事,我猜他内心应该是有些愧疚和遗憾的。

父亲过世后,苏辙守孝三年,再来京城做官,已经三十一岁,该自立门户了。然而苏辙的运气似乎不大好,熙宁元年(1068)单位分房,他在家守孝,没赶上;熙宁三年皇帝赐宅,他去了河南淮阳抓教育,还是没赶上。眼瞅着朋友李遵度在洛阳买地建别墅,眼瞅着朋友王巩在扬州扩建住宅,苏辙心里难过,他在给朋友的诗中感慨道:"恨无二顷田,伴公老蓬莱。"二顷田就是二百亩地。

熙宁十年,苏辙去徐州,租住逍遥堂;元丰三年(1080),苏辙去江西高安,借住部使府;元丰八年,去安徽绩溪当县长,住的是县衙;元祐四年(1089),去浙江杭州当市长,住的是府衙;绍圣元年(1094)下放河南汝州,在许昌租了一处民宅;同年七月下放江苏南京,还是租的房子。

苏辙下放南京时,王安石也在南京,人家早已置地买房,"以为终老之计",苏辙见了,免不了再次感慨一番——此时苏辙已经五十六岁,有道是人生七十古来稀,离入土不远了,即使不为自己考虑,也该给儿孙们置业吧。所以在元符三年,苏辙回河南许昌定居后,赶忙拿出攒了大半生的工资,卖掉一批藏书,花了几年时间,陆续买下"卞氏宅""东邻园""南园竹",又改建、扩建,置成一处百余间的大院落,安顿下全家老小。

回到许昌时,苏辙年近七十,儿子们都已成年,大儿子也做了官,都该自立门户了。但是只要苏辙还在,就有义务给他们买房；只要苏辙没给他们买房，他们就有理由抗议。在《栾城后集》中，苏辙有诗道："我老未有宅，诸子以为言。"这个"以为言"，恐怕不只是提建议，还有喋喋不休的抱怨吧。

宋朝人怎样让房子生钱

买房要花钱,自然也能赚钱。譬如现在,有的朋友买房,瞅个好地段,选个好时机,低价位买入,高价位脱手,一进一出,落个差价,走的是炒房这条路。宋朝也有这么做的,彼时南京有位杨先生,慧眼独具,觉得南京会向西发展,就在城西买了一大片荒地,又在荒地上建了一大片店铺。不出三年,南京城果然西扩,"而杨氏所买之地正在繁会之处"(吴淑《江淮异人录》),这位杨先生便高价出售"铺底"(宋朝人把建筑所有权称作"铺底",把土地所有权称作"地基"),狂赚了一笔。

炒房虽赚钱,却属于高风险投资,从安全角度讲,远不如购房取租来得稳便。在宋朝初年,又有人大肆建房,然后赁出去取利,房租或一月一收,或一年一收,源源不断,细水长流。这样经营不动产,当然不需要什么学问,只要本钱充足,连傻子也能做,所以叫作"痴钱"。(陶谷《清异录》)可别小看了这"痴钱",有宋一代,许多市民都是靠它养活一家老小的。熙宁年间,汴梁城中有个任先生,一位剑客要他舍弃家业,学那点石成金、点铁成银之术。任先生不干,说他爸爸传下来一套别墅,每年租出去,"日得一缗",可供一家人"寒衣锦,暑衣葛,丽日食膏鲜"（刘斧《青琐高议》），小日子过得安闲，才不去学点石成金呢。

或炒房取利，或租房取息，这种让房子生钱的招儿我们见得多了，所以也没什么可稀罕的。宋朝人还有一招儿绝的，既不用把房卖出去，也不用把房租出去，甚至也不用把房典出去，他们在保留所有权和使用权的前提下，仍然还能让房子赚钱。这一招儿，宋朝好多士大夫都用过。比如司马光，他在洛阳建了一处小别墅，名叫"独乐园"，面积虽小，却搞得山山水水一样不缺，仿佛放大了的盆景。鉴于这座独乐园很有观赏价值，便有人前去游玩，游玩可不是免费的，司马光家一老仆站在门口收钱，谁进去看一看，至少五个老钱，多给小费则不限（方勺《泊宅编》），一年下来，也创收了不少钱呢。而司马光本人"朝夕燕于其间"（叶梦得《避暑录话》），丝毫没耽误居住。

对仅有一套房子自住的朋友来说，能在不改变产权的前提下让房子生钱，实在是最好不过的了。可是这一招儿只能让司马光使，因为他有名气，您家的房子再好，也没有谁乐意掏钱去看。

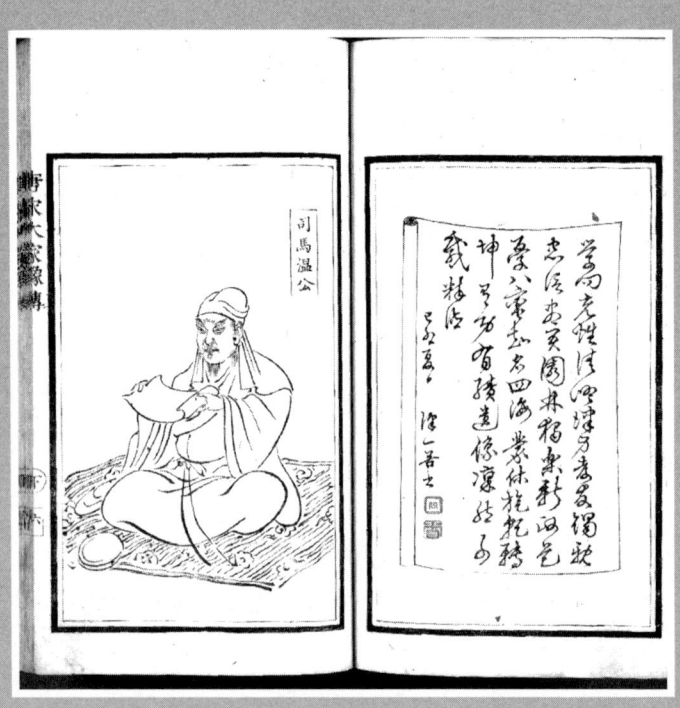

‖ 司马光画像，出自《唐宋大家像传》，现藏日本早稻田大学图书馆。

从《金瓶梅》看明代楼市

《金瓶梅》这本书,从出世到现在,不知被扣了多少帽子。天下第一淫书,说的是它;中国第一部世情小说,说的还是它:一个狠骂,一个猛夸,褒贬不一相差千里。然而,色情还是历史,关键在于欣赏角度,比如说,我们以购房者的眼光读它,看到的就全是房产交易。

《金瓶梅》里的明代市民(这里需要补充一下,《金瓶梅》讲的虽是宋朝故事,却是写于明朝,文中风土人情也处处表现明代特色,仅看以白银作为日常货币这一点就知道),主要靠三种途径解决住房问题,一是租房,二是典房,三是买房。翻开第一回,原籍阳谷县的武大郎来到清河县,作为流动人口,自然没房,而卖炊饼本小利薄,又没钱买房,所以就在紫石街"赁房居住"。后来与潘金莲结婚,被原房东张大户的老婆赶出来,"遂寻了紫石街西王皇亲房子,赁内外两间居住"。像武大郎这种人,属于典型的租房群体。

典房比租房要划算。武大郎租房,每月都要向房主交租金,如果换成典房,只需要把一笔典房款付给房主,就能按约定期限,住上十二三年,到期后,典房款一文不少还是自己的。这种

房产交易现在很少见,而在明代,甚至到了民国,典房一直与租房并驾齐驱,为众多无房人士解了燃眉之急,唯一的缺陷,需要押上一大笔典房款。《金瓶梅》里,潘金莲建议典房,武大郎说:"我那里有钱典房?"潘金莲说:"呸!浊才料,你是个男子汉,倒摆布不开,常教老娘受气。没有银子,把我的钗梳凑办了去,有何难处!"于是卖了首饰,"凑了十数两银子,典得县门前楼上下两层四间房屋居住"。

从租房到典房,武大郎算是升了一个档次,照这个趋势下去,不要多久,他们夫妇就能买上自己的房子了,可惜武大郎早早被老婆毒死,没能圆上买房的梦。事实上,即便没被毒死,凭他卖炊饼那点儿利润,一辈子也凑不够房钱——因为房子太贵了。《金瓶梅》第五十六回,西门庆的结义兄弟常峙节要买房,朋友帮他做预算:"一间门面、一间客坐、一间床房、一间厨灶——四间房子是少不得的。论着价银,也得三四千多银子。"一套四开间的房子,要花三四千两,而那时候清河县的县令,堂堂从七品的官员,一年的薪水才八十四石老白米,折合银子三百五十两。也就是说,就算县长去买房,如果不贪污的话,也得十年不吃不喝才能攒够房钱。可见在明代,买房也并不是一件容易的事儿。

‖ 潘金莲与武大郎的住处，出自清刻本《绣像金瓶梅传》。

从《红楼梦》看清代楼市

《红楼梦》第四回,薛姨妈举家迁往京城,在路上,薛蟠和母亲商议道:"咱们京中虽有几处房舍,只是这十来年没人进京居住,那看守的人未免偷着租赁与人,须得先着几个人去打扫收拾才好。"这里面就有个疑问:既然好几处房子都没人住,又不让往外租,为什么不卖掉呢?

您会说,他们薛家富得流油,不在乎那点儿房钱。然而薛家又开当铺,又放高利贷,一直变着法儿地弄钱,说他们不在乎钱那是骗人。您还会说,那是薛家备用的,指不定哪天就要住进去。然而薛姨妈一行进京之后,住的却是荣府"东北角上梨香院一所",他们薛家那几处闲房仍然是闲着。

我倒觉得,薛家之所以不卖房,未必是因为他们不想,很可能是因为他们不敢:薛家是旗人,而在清朝鼎盛时期,旗人的房产交易是受政策限制的。比如说,清初曾规定:"旗地旗房概不准民人典买,如有设法借名私行典买者,业主售主俱照违制律治罪,地亩房间价银一并撤追入官。"雍正元年(1723)颁布《八旗田宅税契令》:"查定例内,不许旗下人等与民间互相典卖房地者。"到乾隆时期,政策虽然有所放松,仍然禁止旗人把超过五亩的住宅对外出售——薛家是名门望族,估计哪一处房子都不会少于五亩。有这些政策管着,薛家当然不敢卖房了。

现存的史料没有说明清政府是否也限制旗房出租。《红楼梦》里,荣府入不敷出那会儿,探春理家,平儿帮衬,薛宝钗在旁参谋,仨姑娘一致认为大观园里到处是闲房闲地,应该盘活了换钱花。可是到最后,只把池塘、竹林、稻田什么的承包了出去,房子好像一所也没外租。这大概是因为旗房出租也在政策限制之列,想出租必须暗地里来,就像20世纪80年代的机关家属院,大伙把房子租给了外来户,也只能跟人说那是他们家亲戚。

政策限制会使房市低迷,房市低迷会使房价回落,所以清代的房价要比明代便宜。康熙十一年(1672),北京的旗人李某买房三十二间半(清代限制旗人卖房,但并不限制旗人买房),价银只有二百二十两;康熙三十二年,正黄旗常某卖房两间给同旗的何某(清代不许旗人卖房给民间,但是允许房子在旗人内部流转),仅得银三十两。而《红楼梦》里贾琏偷娶尤二姐,在"宁荣街后二里远近小花枝巷内"买房二十间,大概也用不了三百两银子,要知道,当时一斛老白米还一两银子呢。

或许您会怀念清朝,因为房价不高,可是您别忘了,清朝的低房价也伴随着种种限制,就像改革之前的公房,它确实很便宜,但您未必买得到。

‖ 清刻本《新镌全部绣像红楼梦》中的薛宝钗

弘治朝集资购房事件

话说弘治年间,南京有个部门叫国子监,负责管理国立大学,并对国立大学的学生进行教育和监管,属于那种油水不多、威权也不重的公共事业单位。这个单位的在编人员共有三十三个,其中祭酒一个,是头头;司业一个,是副头头;下面又有五个博士、十五个助教、十个学正。祭酒是从四品,副厅级;司业是正六品,正局级。这种品级轮不到享受皇上的赐第,下面的博士、助教、学正什么的,就更别提啦。

那时候,南京有一半以上的土地属于国有,剩下的掌握在私人手中。这三十三位"公务员"要想建房,必须先从国家的楼店务或者私人手里买地,而南京城内寸土寸金,地价已经涨到了"一步一两"(这里的步是弓步简称,二百四十弓步合一亩,明代一亩有六百三十八平方米,因此每弓步不到三平方米)。有道是房随地走,地皮这么贵,房子也不会便宜,且不说秦淮河畔的独栋别墅,单是夫子庙后一间破瓦房,没几十两银子也是抢不到手的。而明朝又不搞高薪养廉,国子监诸位同人薪水都不多,祭酒每年能领二百五十二石老白米,司业能领一百二十石,五经博士是九十石,助教是七十二石,学正只有六十六石。按政府一厢

情愿的想法，一石老白米相当于一两银子，其实只要不逢灾年，一石米还卖不到七钱银子。这么一换算，祭酒年薪不到一百八十两，学正年薪不到五十两。身为国家官吏，最起码也要租住独门独户的房子不是？而当时一处三间正屋不带耳房的宅子，月租在五两左右——年薪不到五十两的学正根本租不起。

怎么办呢？幸亏头头有办法，想到了集资购房。这位头头就是谢铎，明代有名的文学家和大藏书家，此人在弘治初年当上南京国子监的祭酒，很快就用集资购房的办法，给全体同事解决了住房问题。

明朝规定，凡正九品以上的官员，都可以配勤务，如果不要勤务呢，勤务那份工资就成了官员的补助。当时谢铎号召大家，勤务能不要就不要，补助能多领就多领，把钱攒起来，然后一起买房。就靠这种办法，国子监这帮人每年攒下三百三十两银子，后来由谢铎出面，从当时的国有房屋管理机构，也就是楼店务手里，买下了"官廨三十余区"（焦竑《玉堂丛语》卷二），国子监三十三位在编人员，刚好每人一所。

如前所述，勤务是为大家配备的，靠省下勤务多出来的补贴，本来就属于国子监全体同人，为什么非要作为小金库贮存起来，再集体购买呢？再说了，每年多出来三百三十两银子，分摊到每人头上也不过十两而已，只多出来这个小数目，怎就能很快买上房呢？

要知道，谢铎是向楼店务买的房，楼店务是公共事业单位，国子监也是，大家同在一个系统，自然要给点儿优惠。

集体躁狂的嘉靖楼市

嘉靖年间，江西、江苏和浙江都属于比较富裕的省份。论农业，稻米平均亩产接近两石。论工商业，明初兴建的兵工厂大半集中在江西和江苏，民营的丝织作坊则在浙江城乡遍地开花。论经济活跃程度，近三分之一的农民离开土地，移民城镇，"以货殖为恒产"（《皇明经济文辑》卷九），而"缙绅士夫多以货殖为急"（黄省曾《吴风录》），连"公务员"也纷纷下海经商，"官之贾十七"（《松窗梦语》卷四《商贾纪》）。这仨地方，跟全国其他省份比起来，也算是率先跨入了先富行列。

奇怪的是，这仨地方的人也最抠门。

比方说，您回到嘉靖年间，在江西南昌某位市民家里做客。早餐是大米饭，您边往嘴里扒，边东张西望找菜碟。甭找，前两碗只能干吃，吃到最后，餐桌上才会出现几根老咸菜。江西老表管这种吃法叫"齐打底"，意思是说，前面光吃白饭，到最后再来点儿爽口的，完了一回忆，似乎吃过的每一碗都配了菜。这样既省菜，又能哄住肚皮。

然后您又去浙江杭州某位市民家里做客。这回碰上个大方的主儿，给您摆了满满一桌，七荤八素琳琅满目。您高兴，捏个桃

子放嘴里，一咬，木头的；再夹块火腿放嘴里，一咬，还是木头的。满桌子美食，除了中间那碟老咸菜是真的，其余都是木雕。

这么待客并无恶意，人家平日吃的比这还惨，那位江西老表招待您，用的是"齐打底"，而他自己吃米饭，连打底都略去，从头到尾白饭到底。您会说："又不是没钱，这么节省图什么啊？"这话如果是对杭州那位市民说的，他会兴奋地拉住您的手，邀请您参观他的房子。而他的房子肯定又宽敞又漂亮，因为他从牙缝里省下来的钱，都花到买房和装修上了。

也不知道这股风是从哪年哪月刮起来的，反正自打弘治以后，浙江人的房子就必须带客厅了，江西人的房子就必须带兽头了（一般来说，官方禁止民间建筑使用兽头作装饰，但在明朝中后期，此类禁令形同虚设），江苏人的房子里面就必须摆上时尚家具和精美古玩了。浙江太平县，人们起房盖屋，"屋有厅事，高广倍常，率仿品官第宅"（嘉靖《太平县志》卷二《地域志下》）。江苏仪真县，人们典到二手房，不管能住多少年，先扩建再装修，让房屋鸟枪换炮金碧辉煌，"重檐兽角，有如官衙"（隆庆《仪真县志》卷十一《风俗考》）。

大房子比小房子住着宽敞，精装修的房子比毛坯房住着舒畅，居室里面陈设花样多一些，也比光秃秃的四堵墙更养眼，所以只要经济条件允许，把多少钱花到房子上面都无可厚非——都是满足日益增长的物质文化需要嘛。另外，如果你的房子很大，很豪华，别人就会羡慕和妒忌，而对大多数普通人来讲，别人的羡慕和妒忌都是他获得快感的源泉，所以更有必要把房子往豪华上弄了。

问题是，当时大多数市民还没富到可以尽情往房子上砸钱的地步，许多家庭就像咱们前面讲的那样，为了弄套好房子，不得不缩减最基本的日常开支。胃口不要了，营养不要了，健康也不要了，只为一房子，让别人羡慕让别人妒忌。其实他们根本没那条件。没条件而硬上，就叫打肿脸充胖子，就是显摆和抖骚了。

也不必过于贬低人家的素质，嘉靖年间的明朝人总不至于都浅薄，总有一部分朋友是鄙视显摆和抖骚的。那部分朋友，他们很理性，他们不跟风，他们量米下锅，他们租房，他们买小户型，他们简装修，但是最后，他们都吃了亏，因为超前消费的那拨人已经把房价抬得越来越高……

有个词儿叫"集体躁狂"，嘉靖年间的楼市就是集体躁狂的楼市，在那种楼市里面，你越不躁狂入市越晚，入市越晚越吃亏。

千年楼市
Qiannian Loushi

谁堵了楼市的下水管

在我老家,有的村干部安家到乡镇,有的乡干部安家到县城,有的县城的干部安家到市区,有的市里的干部则要在省会置业……俗话说得好,水往低处流,人往高处走,只要有办法,谁不乐意给自己弄个更好的窝呢?所以也不光这些当官的,这两年,教师、工头、司机、厨子、摊贩甚至破烂王,都一茬一茬地往城里搬。

在我现在居住的城市,还有另外一种购房群体,他们要么为了投资,要么是闻厌了都市的烟尘和尾气,要么钱包太小,被越吹越大的房价泡沫所放逐,放逐到乡村、集镇和小县城,在那里买房,或者买地建房。从置业动机上看,这群购房者和前面那群大体一致,都是为了对自己更有利。从表现形式上看,两者的方向刚好相反。

我试图把这些表象归纳为某种普遍定律,譬如可以叫它"不动产对流定律"。具体来讲,就是由于不同购房者的存在,使得城市的不动产产权总是流向乡村人口,同时村镇的不动产产权也总是流向城市人口。这样对流,有助于城乡一体化,也让城区外扩的势头更难控制,使本来不高的村镇地价飙升起来。但不管结果好坏，对流本身难以避免。

我还试图跳出当前，在尘封的过去找寻不动产对流定律，结果发现，在任何一个正常的商业时代，都有和今天非常相似的对流现象。换言之，只要有物权、有交换，就有不动产对流。比方说，明朝初年，城区土地完全国有，城市住房统一分配，农村居民也被里甲和户籍牢牢捆住，无论城市不动产还是村镇不动产，都真的"不动"了。然而明朝开国不到五十年，两浙商贩就杀向京城，办了假户口，移民造屋，开铺建房。同时南京的士大夫也开始进军江北，在乡下大规模买地，建起庄园或别墅。从这时起，到民国结束，对流持续五百年没有间断。

如果把不动产看成是流动的水，那么不动产对流定律就是一套水循环系统。该系统主要有两根管子，一根从乡村到城市，是上水管；一根从城市到乡村，是下水管。明朝以后的五百年间，进城买房的多，上水管流量大一些；下乡置业的少，下水管流量小一些。这样很正常，很符合自然规律。不正常的是，那根下水管经常堵塞。

举例言之。明景泰三年（1452），在北京上班的御史王义邻去大兴买地建房，交了钱款，相关部门却不给过户，非要在百分之三的契税之外另加一笔附加税。清乾隆三十九年（1774），在苏州上班的师爷孙潜用去吴县买地建房，合同签了，产权也过户了，四邻却闹到官府，说他和原卖主没经四邻同意，属于非法交易。民国八年（1919），松江府一位姓朱的老板偕家属迁到城外，买下某寺院闲房若干居住，却被松江驻军赶走，说买的是公产，要没收，给驻军长官塞了五十块大洋

089

才算完事。

　　下水管堵塞可不是小事儿，它会给当事人带来许多意想不到的麻烦，还会让越来越多的业主和资金拥堵于大城市。这边是继续飙升的城市地价，那边是嗷嗷待哺的村镇经济。

想做房奴而不得

一刀下去，可以把我们的居住史切成两段：一段是现在，暂时做稳了房奴的时代；一段是过去，想做房奴而不得的时代。

在今天，房价很高，钱包很小，怎么办？贷款啊。银行很乐意做这笔生意，因为这是它们的最优资产，只要楼市不崩盘，它们都将旱涝保收，有赚无赔。

银行乐意放贷，我们也乐意贷款，因为房价越涨越高，无数次观望和等待都已失效，血淋淋的事实一再证明，入市越晚只能越吃亏。所以还是先走一步，花明天的钱，办今天的事，哪怕以后每月都要把大半工资交给银行，哪怕那利息还要不停地往上蹿，我们也认了，毕竟利息的涨幅跟不上房价的涨幅，毕竟勒紧裤腰带还款的痛苦胜过观望和等待时的恐惧和不安。所以我们暂时做稳了房奴。

过去则是想做房奴而不得的。房改前那一段且不说了，那时候公房大行其道，银行就是推出个人房贷也不会有生意。而在漫长的帝制时代，商品房是有的，房屋买卖也常见，私设的钱庄和官办的银行也发放贷款，民间金融譬如高利贷也兴旺过，但却见不到个人房贷。我曾翻遍魏晋以来的正史，从隋唐到清末的文人

笔记也读过不少,还试图在俗讲话本杂剧小说中寻找房贷的踪影,结果一无所获,没发现任何一家金融机构开办房贷业务。

您会说,过去的人思想陈旧,不愿意花明天的钱、办今天的事,房贷在当时没市场。可我读过一本宋人笔记,叫《白獭髓》,里面讲北宋初年的浙江人,借了高利贷搞装修,然后节衣缩食还债。宋朝高利贷月利百分之二十是常事儿,比今天的房贷利息高多了,为了装修连高利贷都借,说明咱们先人也未必全是老顽固。

您还会说,过去房子便宜,想买房,自筹资金就足够,用不着去贷款。可我知道北宋初年的京官大半租房居住,南宋初年的居民普遍租住公房,明朝中叶北京的地皮已经涨到每亩纹银两千两,折成人民币也有好几十万,到了清朝光绪年间,浙江萧山民房有卖到百两一间的,北京大兴一套小院的报价竟然是两千四百两(参见张传玺《中国历代契约汇编考释》),早在南北朝的时候,广州市的房价收入比还曾高到上千(参见《南齐书》卷三十二)。在那个年月,倘若有某家银行推出个人房贷业务,我坚信会有大批准备购房和自主建房的朋友前去咨询。

相对合理的解释是,当时的金融系统太落后,没跟上购房者的脚步,没能注意到他们对资金的强大需求。但这或许也是好事儿,因为房贷的产品越多,门槛越低,房奴越容易横空出世,然后房价就越高。

在清朝贷款买房

相信您在清代小说《儒林外史》里读到过如下场景：

深秋夜半，万籁俱寂，浙江省乐清县大柳村青年匡超人正挑灯夜读，忽听门外一声响，几十人吆喝起来，顷刻间几百人一起大喊，窗纸变得通红。他叫一声："不好了！"忙开门去看，原来是本村失火。一家人一齐跑出来道："不好了，快些搬！"那火头已有丈把高，一个个火团子往天井里滚。等村民们逃到稻场上，全村房子都已烧成空地。

——这是江南民居怕火的典型例证。

不过这篇文章并不关心江南民居怎样防火，而是想借上述事例，谈谈在清朝贷款买房的事儿。

且说匡家被火烧了房子，没处存身，只好托人在村南大路口租下一间屋，搬了进去。此后到匡超人考中秀才，出门远游，娶妻生子，参加工作，一直到他故事结束，匡家都住在那间小屋里，而没有像别的村民那样重建家园，更没有在大城市里买房置业。原因很简单：他们家没钱，盖不起房，也买不起房。

换在今天，匡家只要拿得出三四成首付，就可以在杭州买下一套房子，然后乔迁新居。要是嫌杭州房价太高，还可以退而求

其次,就近到乐清县城置业。但是很遗憾,《儒林外史》写的是明朝故事,描述的是清朝生活,无论在明朝还是在清朝,都没有哪家银行经营房屋贷款。

银行不搞房贷,不代表就没有贷款买房的希望。事实上,匡家还有别的路子可走,比方说,借高利贷,或者选择无息贷款。

假设匡家要在乐清县城买房,三进五间一小院,要价六十两,全家砸锅卖铁,凑齐了二十两,余下的就找印局借。印局是放高利贷的,长短期都有,长则半年,短则一天,利息也高低不等,从百分之八到百分之百。只要匡家乐意承担百分之百的高利息,他们可以立马贷到四十两纹银,交足剩余的房款。

但是这样贷款毕竟太吃亏,利息高且不说,时间还短,这期间大概需要匡超人不停地杀猪磨豆腐,他哥匡大不停地卖糖人,连卧病在床的匡老爹也要发挥余热,每天把鸡蛋搁屁股底下,试着孵出一窝小鸡来卖,才有可能把贷款还清。那样的话,《儒林外史》只怕要改名叫《房奴外史》了。

咱们再换个方法,让匡家去找借钱局。在晚清的江南,借钱局俯拾皆是,多由官员富商发起设立,专为贫民提供经济上的短期救助,具体来说,就是提供无息贷款。按照程序,匡家应该向乐清本地的借钱局提出申请,然后借钱局派人调查,证明他们的确是贫民,然后才向他们放贷。

问题在于,在借钱局最多只能贷到五千文,清朝钱贱银贵,一度是一千七百文才兑换一两银子,而匡家还有四十两银子的缺口,这点儿无息贷款根本不够用。为了交足房款,相信匡超人会造出许多假证明,同时向几十家借钱局提出申请。

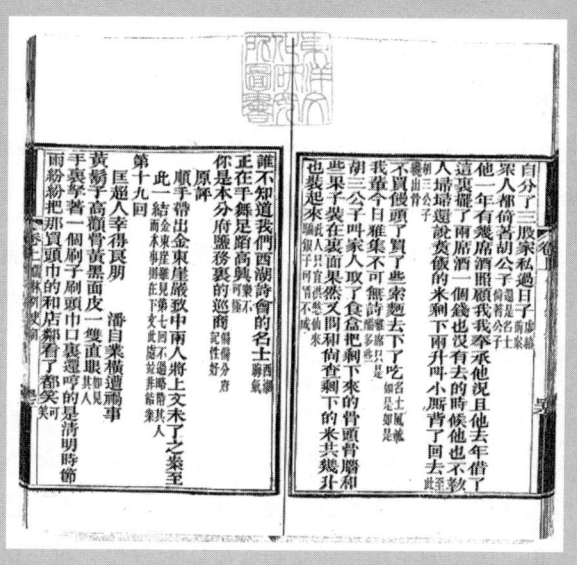

‖ 清刻本《儒林外史评》，现藏日本东京大学东洋文化研究所。

出典与活卖

假设我有房,但没钱,想把房变成钱。怎么办呢?不外三条路:要么出售,要么出租,要么把它押给银行,换一笔贷款。

以前还有第四条路,叫作"出典"。

举个例子。宋朝初年,有位领导叫薛居正,居官清廉,挣钱不多,倒辛辛苦苦置下一片房产。后来他死了,老婆孩子没钱用,就把房子让给别人住,还约好期限,只能住五年,五年期满,房子再还给他们薛家。(参见司马光《涑水纪闻》卷七)当然,这五年可不是白住,对方必须先付一笔钱,够薛家老小应急。或许您会说:"这跟租房不是一样吗?"绝对不一样,您租房得掏房租,房租到了房东手里可是要不回来的;而交给薛家的这笔钱只是垫支,五年期限一到,您把房退了,钱一文不少还是您的。在这笔交易中,您实际付出的只是那笔钱五年期的存款利息,得到的却是五年期的房产使用权;薛家实际付出的只是五年期的房产使用权,得到的却是一笔五年期的无息贷款。在房子和钱的所有权都没有发生转移的前提下,一方暂时有房居住了,另一方暂时有钱应急了,房不起租,钱也不生息,双方各得其所,互惠互利。这就是出典。

除了出典，还有第五条路，叫作"活卖"。

再举个例子。元朝末年，有位先生叫施还，跟薛家一样，他也是有房没钱，母亲死了都无力安葬，为了尽快筹钱买口棺材，他把祖房卖给了一位牛公子。按照时价，他们家祖房该值几千两银子，牛公子却只给他一百四十两。或许您又会说：那施还岂不太吃亏了？一点儿也不吃亏，因为交易并没结束，等这位施先生有朝一日发了大财，他还能按一百四十两的原价再从牛公子手里把祖房买回来。（参见冯梦龙《警世通言》卷二十五）在这笔交易中，施还实际付出的只是一段不定期的房产使用权，得到的却是一笔不定期的无息贷款；牛公子实际付出的只是一笔活期存款的利息，得到的却是一段不定期的房产使用权。在房子和钱的所有权都没有发生转移的前提下，一方暂时有钱用了，另一方暂时有房住了，房不起租，钱也不生息，双方各得其所，互惠互利。这就是活卖。

加上出典和活卖这两条路，就有五条路可以选择了。我想我会选择出典和活卖，而不乐意出售、出租或者去银行申请抵押贷款。因为那套房子是我的爱巢，我缺钱也只是暂时的，如果为了一时救急就把房子卖掉，再想买回来可就难了。即便是另买一套，按房价天天这么疯涨的劲头，谁知要多掏多少钱才能再买同样的一套房子？如果把房租出去呢，每月收那点儿租，羊拉屎似的，也难解燃眉之急。至于说押给银行，我相信银行会贷款给我，但是朋友们，那利息可是很高的啦！

典房与抵当

《金瓶梅》第一回，武大郎夫妇在清河县紫石街租房居住，安身不牢，商量搬家。潘金莲说，别租房了，典两间吧。武大说，咱没钱。潘金莲骂道："呸！浊才料，你是个男子汉，倒摆布不开，常教老娘受气。没有银子，把我的钗梳凑办了去，有何难处！过后有了再治不迟。"于是两口子变卖首饰，凑够银子，在县衙前面典了一幢小楼。

想必您已经知道，所谓"典房"，就是张三有余房，正等钱用，李四有余钱，正等房住，俩人一商量，张三把房借给李四，李四把钱借给张三，过一段时间，张三手头宽裕了，再把钱还给李四，同时李四也把房还给张三。

武大就好比那李四，典房给他的那位——我们假设他叫小明——就好比张三。小明会跟武大签一合同，上写典主姓名、钱主姓名、典房几间、典价几何、出典日期和回赎日期。所谓"典主"就是小明，房是他的，所以他叫典主。所谓"钱主"就是武大，钱是他的，所以他叫钱主。这些词儿在今天很新鲜，但过去曾被广泛使用，宋元明清四朝不管哪位说起"典主""钱主"来，就像我们说"按揭""公摊"一样自然。另外还有回赎日期，这个是必须在合同里写明的。比方说，武大是现在典的房子，回赎日期写的是明年春节，那么在明年春节，小明只要把银子还给武大，武大就得再搬一回家。而如果小明到时候还不了银子，武大就可以继续住。倘若小明一直还不上银子，武大就可以一直住下去，直到有一天小明说，武大哥，我这房也不要了，您添几两银子，这房归您得了。这时交易的性质就变了，典房就成了售房了。这样的事儿在过去还真不少，一般来说，典主总是还不上钱，最后不得不把房子卖给钱主。

咱们再假设，武大不是个卖炊饼的小商贩，而是个开钱庄的大老板，他很有钱，家里房也不少，那样的话，小明再想通过典房的途径找他融资可就难了。小明该怎么办呢？古人有一常用的招儿：抵当。具体场景如下：

小明揣着一张房契来找武大郎，说武总您受累看看这房契，这是我爸在世时买的县衙前面那幢楼，上面盖着官印，货真价实，您要是觉得还行，这张房契就归您保管了，只求您借我俩钱儿，我们家都瓢底了。

于是武大收下房契，拍给小明几张票子。

他们不用签合同，哪天小明连本带息还清了钱，武大自会把房契还给他。反过来讲，如果小明一直还不上钱，武大就可以理直气壮地凭房契卖掉小明家的那幢楼。

聪明的朋友已经发现，典房必须转移房子的使用权，而抵当只需要押上房本，并不妨碍业主继续居住。可是业主通过典房融资没有利息，通过抵当融资则要支付很高的利息，从这个角度讲，抵当类似今天的住房抵押贷款。

清朝小户型及其单价

第一个问题,什么是小户型?

我想,应该就是指小卧室、小客厅、小开间吧。别的两居室九十平方米,小户型的两居室五十平方米。别的三居室一百平方米,小户型的三居室六十平方米。别的四居室一百五十平方米,小户型的四居室九十平方米。同样的建筑面积,划分更多的功能区间,或者同样的功能区间,占用更少的建筑面积。我觉得,这就是小户型了。

但是,怎样才叫"更多",怎样才叫"更少",都只是凭感觉,缺乏量化标准,没有指导意义。

专业人士的说法。一居室的房子不超过六十平方米,二居室的房子不超过八十平方米,三居室的房子不超过一百平方米,是为小户型。

但这种说法跟政策有冲突。众所周知,政策认可的小户型,必须在九十平方米以下。

九十平方米以下的房子又有很多种,假如是在农村盖一瓦房,两架三间,八十平方米,谁要喊它"小户型",我就跟他急。因为"户型"这个词儿貌似只适合别墅以及单元房,咱们那民居连个起居室都没有，跟"户型"不搭界。

第二个问题，清朝有小户型吗？

单从面积上说，应该是有的。譬如满人刚进北京那会儿，给领导们分房子，一品官二十间，二品官十五间，三品官十二间，四品官十间，五品官七间，六七品官四间，八品官三间，其余不入流的小军官每人两间。（参见《大清会典事例》卷一千一百二十，八旗都统·田宅）旧式房宅，每四根柱子围合一间，面积大小不等，少则十几个平方米，多则二十几个平方米，我们取中位数，按每间十五平方米估算，则当时一品官三百平方米，二品官二百二十五平方米，三品官一百八十平方米，四品官一百五十平方米，五品官一百零五平方米，六七品官六十平方米，八品官四十五平方米，不入流的三十平方米。六品以下，房子都不超过九十平方米，当然是小户型了。

但是清朝的房子都属于旧式建筑，最多面积大些，间数多些，前堆假山，后挖鱼池，点缀点儿人文景观，至于内部格局，并不比现在农村的青砖大瓦房先进多少。似乎也跟"户型"不搭界。

为了继续下面的问题，现在请大伙把标准放宽一些，咱们只管面积，不管构造，睁一只眼闭一只眼，把所有面积在九十平方米以下的房子都当成小户型。

这样一来，清朝就有许多小户型了。

第三个问题，在清朝买一套小户型要花多少钱？

康熙五十七年（1718），北京大兴北城日南坊（坊名"日南"，相当于某某街道）有一所楼房出售，该房临街，下面两间

开店,上面两间住人,楼后加盖厢房一间,合计五间房,卖了二百一十两。(参见张传玺《中国历代契约汇编考释》)

乾隆五十八年(1793),安徽休宁县二十一都二图("都"相当于乡镇,"图"相当于行政村)也有一所楼房出售,不临街,但宅基较大,房子共四间,卖了二百七十两。(同上)

咸丰七年(1857),浙江山阴县三十六都三图有人卖房,共计平房三间,卖了六十两。(同上)

这三套房子,最大的五间,最小的三间,如果不考虑宅基,单算建筑面积,每间还按十五平方米算,那么它们都不超过九十平方米,它们都是小户型。

清朝粮食价格,大米一石,贱时二钱三钱,贵时三两四两,咱们姑且取乾隆时江南平均米价:每石一两五钱(参见常建华《清代的国家与社会研究》第二章第二节)为标准,对当时白银价值做个估算:

首先,清朝一石相当于今天一百零三公升,每公升大米重约一斤七量半,故此当时一石米有一百八十斤。按今天中等粳米每斤三元计算,买一百八十斤米需要五百四十元。而如前所述,乾隆朝江南地区每石大米一般卖到一两五钱,故此当时一两五钱银子相当于今天五百四十元,即一两银子相当于三百六十元。

如前所述,康熙五十七年北京大兴那套小户型售价二百一十两,折成人民币是七万多;乾隆五十八年安徽休宁那套小户型售价二百七十两,折成人民币是九万多;咸丰七年浙江山阴那套小户型售价六十两,折成人民币是两万多。都不算贵吧?

最后再瞧瞧单价。假设每间都是十五平方米,则第一套房有七十五平方米,每平方米一千元左右;第二套房有六十平方米,每平方米一千多元;第三套房有四十五平方米,每平方米只卖几百元。

  亲爱的朋友们,每平方米几百元的小户型,现而今上哪儿找去!

回到民国去买房

北京市东城区东柳树井那儿,原来有一处四合院,四合院门前竖了一座碑,碑上写道:

> 北平市为货殖荟萃之区,芝麻油尤间阎必需之品。欧风东渐,百二十行,非团结团体,不足与言商战也,而公会尚已。……本会办公地址,向租赁巾帽胡同,今筹措经费,置买得东柳树井西口路南房屋一所。……南房三间带廊子,西头门道半间,北房三间,西头大门道半间,东西房各一间,院后小平房一间。用款大洋二千九百五十圆。

碑后落款是"民国二十二年岁在癸酉夏四月"。

大致意思是说,1933年初夏,北京市香油制造业协会在崇文区东柳树井买下一宅子,该宅子有正房有厢房有南房有围廊,是座挺不错的四合院,共计瓦房十间,总价两千九百五十块大洋。

北京四合院每间房屋的建筑面积没有固定规格,从十几个平方米到二十几个平方米都有,我们取中位数,按每间十五平方米来估计,则香油制造业协会买下的那十间房约有一百五十平方米,每平方米单价约二十块大洋。

二十块大洋是多少钱呢?还记得民国二十二年(1933),北京大米每石卖到八块大洋。民国的"石"是重量单位,约合今天一百八十斤,而今天购买一百八十斤大米,要花五百元左右,故此按粮价折算,当时八块大洋相当于今天五百元人民币,每块大洋折合六十多元,二十块大洋也就是一千多元。翻开民国地图,东柳树井在当时还算是繁华地带,房子每平方米才一千多元,够便宜的。

上述事例不足以说明问题,或许那个香油制造业协会强买强卖呢?

咱们再看两宗交易。

民国四年(1915),北京阜成门内王府仓胡同居民明昆卖掉自家四合院一处,共计瓦房十一间,售价一百五十块大洋。

民国十六年(1927),北京宣武门西大街住户李桂森卖掉自家四合院一处,共计瓦房十八间,售价两千五百块大洋。

早在民国四年,北京大米每石卖到六块大洋,民国十六年涨到每石十二块,借助粮价折算一下您就会发现,两宗交易的房屋价格甚至还不到每平方米一千元。

借助粮价来推算房价,不一定靠谱。不过这也没关系,还有其他指标管着呢。比方说,可以算一下房价收入比。

在民国初期,北京市一位十二级三等科员,月薪就有五十块大洋,如果他专门攒钱买房子,一年工资可以买下四处四合院——如前所述,民国四年阜成门内一处四合院仅售一百五十块大洋。

‖ 民国北京四合院内景，美国摄影师 Sidney David Gamble 于 1919 年拍摄。

我还认为，那时候房价之所以很低，很大程度上是因为地价不高。譬如民国十六年，北京东直门外一块土地，面积一亩五分，喊价只有十六块大洋。按粮价折算之后，每平方米的地价还不到一元。

借房等死

三百五十年前,黄宗羲在浙江余姚买房置地的时候,斯宾诺莎刚刚租下阿姆斯特丹郊外的一个阁楼。一百六十年前,魏源江苏高邮买房置地的时候,叔本华正租居在法兰克福好希望街。黄、魏二人是炎黄子孙,斯宾诺莎和叔本华是老外,前者誓死追求自有房产,不给自己弄一套房子决不罢休,后者似乎有房住就成,并不在乎那套房子的产权是否归在自己名下。

我还记得,斯宾诺莎从二十四岁开始租房,此后二十多年一直追随同一个房东,人家搬家他也跟着搬家。1677年,斯宾诺莎死于肺病,死前把手稿锁了起来,钥匙则交给房东保管,想必始终没能混上自己的房子。叔本华大概也一样,1860年,此人在法兰克福好希望街去世,对此好多传记上是这样描述的:"房东太太喊他吃饭,发现他仍坐在桌子旁边,却永远地睡着了。"可见也是做了一辈子无房人士。

我没瞧过叔本华和斯宾诺莎的存折,不知道他们是不是因为没有攒够买房的钱,才租房过一生的。不过即便钱没攒够,也不妨碍买房不是?他们完全可以申请按揭。如果首付都没攒够,那就去掏父母的腰包,把他们榨干榨净,不信挤不出钱来。如果父母也是穷光蛋,还可以找亲戚朋友借呢。这些招儿已经是绝大多数购房者使滥了的,虽然不新鲜,却很实用,相信能帮两位哲学家解决房子的问题。

有朋友说:倘若叔本华和斯宾诺莎过于理性,生怕将来还不上,连找朋友借钱都不敢呢?也无妨,他们干脆别借钱,直接借房。借房这招儿也有人使过,九百三十年前,苏东坡在开封为大儿子办喜事,没有新房,就借了同事范景仁一别墅,两年后才归还。别骂老苏脸皮厚,咱们中国人的老规矩,没有新房不能结婚,当时苏家买不起房,借来的别墅虽然只能住得一时,总比租个小单间做洞房有面子多了。

租来的房子不适合结婚,也不适合去死,叔本华和斯宾诺莎死在租屋里,在中国人看来是很丢人的事儿。中国有句古话叫"狐死首丘",丘就是坟墓,一般视为狐狸的自有房产,连狐狸死时,脑袋都要对准自己的窝,人不死在自己的房子里,岂非连畜生都不如?所以哪怕为了死,我们也必须买套房,钱不够就贷款,贷不来就借钱,不想借钱就学苏东坡,他借一处别墅结婚,咱借一套房子等死。

南宋末年,浙江有位杨与疾先生,没钱买房,租住在县城西门的城楼上。后来年纪大了,听说一位姓周的朋友刚建好一套房,就找到那位朋友,说:"愿假君宅以死。"人家借给他了,后来他死了。我猜他死得很幸福。

找房款

今天买东西,标价八十,给人一百,对方收了钱,会找您二十。在这里,"找"是找零的意思。规范点儿说,就是卖方把超出商品价值的那部分货款退还给买方。

过去卖东西,标价一百,人给八十,一咬牙,卖了,随后又觉得亏,喊住买家,让他再掏二十。这种行为在清朝也叫"找",不过不是找零,而是找要。规范点儿说,就是卖家向买家追讨一部分货款,以补足商品价值。

可见同一个"找",古今含义大不同,在今天是"损有余",在过去却是"补不足"。不信您翻《康熙字典》,这本过去的书给"找"释义,里面四个字写得分明:补不足也。

当然,不敢说"找"在过去一定就是指"补不足",但至少在清朝的不动产交易中,这个字有"补不足"的意思。

有例为证:

康熙六十年(1721),江苏省武进居民刘文龙以七两纹银的价格卖了一亩八分地,八年后,刘某说"原价轻浅",又委托中介向买主"找"了一两纹银。(参见《中国历代契约汇编考释》第1196、1213页)

咸丰元年（1851）六月，浙江省山阴县居民高宗华以十八块大洋的价格卖了六分地，三个月后，高某说"契内价银不足"，又委托中介向买主"找"了七块大洋。（参见《中国历代契约汇编考释》第1380页）

道光年间，浙江省萧山居民王某卖掉自住堂屋一间和阁楼一座，后来王某去世，其爱人莫某和儿子王本智认为当时卖得太便宜，"契价不足"，又委托中介向买主"找"了三十五两纹银。（参见《中国历代契约汇编考释》第1377、1378页）

上述事例并不是精心挑选出来的，如果您留心明清两代和民国时期江南地区的不动产交易记录，就会发现"找"这个字在契约里简直俯拾皆是。换言之，卖方在交易完成后再次索要价款的现象很普遍。

如果在今天，您从开发商手里买了一套新房，或者从某个业主那里买了一套旧房，只要您如数把合同上约定的房款给了卖方，只要你们顺利过了户，那么就代表交易已经完成了，回头等您住进去，觉得买亏了也好，占便宜了也罢，我猜您都不会去找卖方索还一部分房款（除非那房存在质量问题），当然更加不可能再给卖方加钱——哪怕他们嚷嚷着"原价轻浅"，抑或以"契价不足"的理由起诉您。事实上，即便他们起诉，法院也不会受理，现代法律只要求卖方找零，而不支持任何人在交易完成后再加收价款。

可是清朝的法律跟现在不一样，当时政府明文规定，允许卖方"凭中公估找贴一次"（《大清律例》卷九《户律·田宅，典卖田宅》），也就是说，即便双方已经过了户，只要后来的市场

价高于原来的交易价,卖方就还可以再让买方掏一次钱。这条法律很变态,也没什么现实意义,但我总觉得它在清朝可以抑制炒房,假如当时就流行炒房的话。

上海的租售比

从明末到清初,上海农田取租标准基本上没有什么变化,上等水田通常按每亩一石五斗,中等水田通常按每亩一石,下等水田通常按每亩五斗。

变化较大的是粮价和地价。

崇祯后期,白米一石纹银二两;顺治初年,白米一石纹银四两;康熙朝,米价又回到崇祯后期的水平。

随着粮价的起伏,地价也在不断变动。崇祯后期,上海中等水田卖到十两一亩,顺治初年涨到十五两一亩,康熙十九年(1680)又降到八两一亩。

可见在一定程度上,地价是跟着粮价走的。

这里面的因果关系并不复杂:作为资本之一种,农田价格取决于它能带来的收益。鉴于每年收取的实物地租不变,则粮价越高,农田的收益越大,农田的售价也就越可观;反之粮价越低,农田的收益也就越少,农田在市场上越不受欢迎。

现在的不动产市场流行"租售比"这一概念,就是拿不动产的年收益除以不动产的售价,咱们也可以算算明末清初上海农田的租售比。

如前所述,上海稻米在崇祯后期和康熙年间是每石二两,在顺治初年是每石四两,而当地中等水田一直按每亩一石取租,则一亩中等水田在崇祯后期和康熙年间的年收益应该在二两左右,在顺治初年的年收益应该在四两左右。

拿年收益除以同期农田售价,得出上海农田在崇祯后期、顺治初年和康熙年间的租售比,分别是百分之二十、百分之二十七、百分之二十五。

这组数据说明,从明末到清初,上海农田的年收益可以达到售价的五分之一到四分之一。换言之,买进土地比卖出土地更划算,因为每买进一亩土地,四五年内累积的租金就能再购买一亩土地——相对于租金而言,地价实在太便宜了,只要明末清初的上海人不犯傻,就该尽可能多地买进土地,而尽可能少地卖出土地。有买必须有卖,当大多数人都选择买进而拒绝卖出的时候,就会出现两种结果:要么土地市场冷下去,要么土地价格涨上来,一直涨到租售比合理、买进和卖出同样划算为止。

可是不管在明末还是在清初,上海一带的土地交易都旺盛不衰,其地价虽然时有涨落,租售比却一直维持在百分之二十以上的畸高水平。这是为什么呢?

清初文人叶梦珠有合理的解释。他说从表面上看,买地取租要比卖地划算,但是一旦考虑到赋税问题,人们买地的积极性就大减了。譬如康熙二年(1662)前后,朝廷和地方官吏附加在每亩土地上的税费高达三两五钱,土地净收益一下子成了负值,持有田产的人纷纷贱价出卖,中等水田便宜到每亩一文,上等水田最贵也不过每亩五钱而已。

‖ 旧上海的弄堂，Jack Birns 摄于 1948 年。

叶梦珠还总结出一条规律:"赋役日重,田价立见训减。"(《阅世编》卷一《田产一》)用现在的话说,就是不怕你地价高,政府一路重税下去,它就老老实实地降下去了。

我坚信这条规律也适用于房价。

成三破二

《四世同堂》里面有位金三爷,住在北京,自由职业,不种田,不做官,也不是工人,每天跑东跑西,给卖房的找买主,给买房的找卖主,买卖完成,他拿佣金,近似房产经纪人。用老舍的话讲:"当他立在高处的时候,他似乎看不见西山和北山,也看不见那黄瓦与绿瓦的宫殿,而只看见那灰色的,一垄一垄的,屋顶上的瓦。那便是他的田,他的货物。有他在中间,卖房子的与买房子的便会把房契换了手,而他得到成三破二的报酬。"

什么是"成三破二的报酬"呢?

百花文艺出版社1979年版的《四世同堂》标有注释,说那是旧社会买卖房地产的陋规,买方付房款的百分之三,卖方付房款的百分之二,给经纪人做报酬。这话大致没错,只是图省事,没说清什么叫"成",什么叫"破"。"旧社会买卖房地产的陋规"也是"文革"语气——别人帮你成了买卖,你给人家钱,属于市场规则,跟"旧社会"和"陋规"什么的根本扯不上嘛,譬如现在是新社会,您让房产中介帮您买套房,不也照样要掏钱吗?

"成"和"破"不难解释。过去咱们中国人讲究祖业代传,

自家的房子无论如何不能卖，卖了就是破家；别人家的房子无论如何要买过来，买了就是成财。所以"破"就指代卖房的人，"成"就指代买房的人。现在的开发商得庆幸自己没有生在民国，不然就数他们最"破"，因为他们卖房最多。

在民国时期的房产交易中，还有跟"成"和"破"非常近似的一套词儿，那就是"兴"和"败"。比如福建闽清，经纪人也是取房款的百分之五作佣金，其中百分之三由买方出，百分之二由卖方出，当地称之为"兴三败二"。很明显，"兴"是指买方，"败"是指卖方，解释同前。

"成三破二"也好，"兴三败二"也罢，房产经纪人的佣金比例都是百分之五，这部分佣金也都是由买卖双方分摊。这跟今天有所不同，众所周知，今天的房产经纪人佣金比例高低不等，有拿百分之三的，有拿百分之六的，还有一小撮特牛的独立经纪人正在跟国际接轨，张口就要百分之十。另外，现在买家和卖家一般不分摊佣金，要么买家掏钱，要么卖家掏钱，更多的时候是买家掏钱。

不过民国那么大，"成三破二"和"兴三败二"也只是在北京和福建等个别地方流行，跳出北京和福建，可能又是一套规矩。例如江西南昌，人们通过经纪人买地，要付百分之三的佣金，通过经纪人买房，则要付百分之四的佣金。而不管是买地还是买房，都是买家一方付钱，这在当时叫作"田三屋四"。

第三篇

租房时代

在唐朝租房

《西游记》里讲到新科状元陈光蕊把老娘安顿在洪州旅馆,四年后,陈光蕊的儿子,也就是唐僧,来到洪州找奶奶:

> (唐僧)来到万花店,问那店主刘小二道:"昔年江州陈客官有一母亲住在你店中,如今好么?"刘小二道:"她原在我店中。后来昏了眼,三四年并无店租还我,如今在南门头一个破瓦窑里,每日上街叫化度日。"

这段故事说明,唐朝时候出门在外的人会把旅馆当作长期住所,并为此支付报酬,换句话说,他们会跑到旅馆租房。上面故事中,店主刘小二是房东,唐僧的奶奶是房客,由于房客欠租,房东把房客赶走了,这又说明唐朝房东和房客之间只是纯粹的经济关系。

《西游记》是吴承恩写的,吴承恩不是唐朝人,但这段情节在明清小说和唐传奇中都是可以通用的。

除了出门在外者,还有穷人、考生、商人、情侣以及不法分子等群体,一起构成了唐朝的租房大军。韩愈就曾经是穷人租房的典

型例子,他有诗自叙:"赁屋得连墙,往来忻莫间。我时亦新居,触事苦难办。"写这诗的时候,他刚参加工作,工资很低,常常吃了上顿没下顿("有时未朝餐,得米日已晏"),更谈不上买房,只好跟一位姓崔的同事合租一处院子。考生则是季节性的租房者,每年到省城、京城参加考试的考生,考而不中,没脸回家,常留下来复习,以待来年再战,此时就要租房。唐朝的长安城,每次会试之后房租还要再涨一次,这是因为大量考生留下来租房,造成了房源紧张,就像现在研究生考试之后,每个省会城市的房租总会上浮一样。此外,还有租临街商铺做生意的商人(尽管唐朝临街商铺不多),以及租房行骗打一枪换一个地方的江湖骗子,形形色色的人们支撑着唐朝租房市场的持续火爆。

为了规范租房市场,唐朝政府制定了不少制度。按制度要求,在长安租房要找坊正(相当于居委会主任)备案,在地方上租房要找户曹办"引子"(类似暂住证);房东还要向国家交税,按照房子的质量和大小,每间房子交纳铜钱五百到两千不等。这种制度古今同理,看起来倒是像模像样,其实根本落实不了。

如前所述,房子有质量和大小的区别,这种区别正满足了广大房客的需要,因为大家的消费标准也有区别。白居易和元稹过洛阳,住进"温汤客舍",豪华套房加上温泉浴,不亚于假日酒店。李靖带红拂去太原,租灵石旅馆,"既设床,炉中烹肉且熟,张氏以发长委地,立梳床前"(《虬髯客传》)。睡觉的床和做饭的炉子在一处,可见那是小单间。之后虬髯客来访,李靖打酒买烧饼招待,菜不够,又切了颗人心下酒。很显然,像李靖这种租单间的基本上不是绅士,他们不会让治安好到哪里去的。

‖ 明治时期日本刻本《绘本西游记》

《水浒传》里的租房

古人出门在外，投亲不遇，想给自己找个窝的时候，有五种房子可租：一是客店，二是会馆，三是寺观，还有可以租来长期居住的官屋和民房。官屋在北宋最普遍，北宋开封城里的市民，近半数都住官屋，他们定期交租，租金成为宫廷收入的一部分。民房不用说了，从隋唐到明清，从大城市到小村镇，到处都有民房出租。至于租金，有每年一交的，也有每月一交的。出租类型，有带家具的，有不带家具的，有的连饭食也供应，房客可以同房东同吃同住，有的管住不管吃，只提供厨房和灶具，一日三餐让房客自己解决。

金圣叹评点本《水浒传》第二回，金翠莲父女从东京来到渭州，投亲不着，租的就是客店里的房子。那客店在渭州城东门里，招牌唤作鲁家客栈，金家父女住了小半年，临走时，除结算房钱，还要算清柴米钱，可见是管住又管吃的。在宋金两代，还有的客店是只出租房屋而不提供饭食的，俗称"笊篱店"。《水浒传》第四十四回，拼命三郎石秀和病关索杨雄闹翻，从杨家搬了出去，在附近小客店里赁了一间闲房住下，这家客店便是"笊篱店"。之所以叫"笊篱店"，是因为这种店门口一般都挂了只铁笊篱，表示内有厨具，做饭自便的意思。

《水浒》里面，梁山好汉上山之前，租民房的也不少。比如说，鲁达和宋江，分别在渭州城和郓城县租房居住。鲁达是单身，租小单间，什么时候想搬家，卷了铺盖就走，潇洒得很。所以能在三拳打死镇关西之后，卷些衣服盘缠、细软银两，提一条齐眉短棒，奔出南门就撒丫子。人家去抓他，让房东打开房门看时，"只有些旧衣旧裳和些被卧在里面"，可见房东不提供家具，他自己也没买。宋江同样没老婆，但包了一个阎婆惜，不算单身，又有钱，将就不得，租的是"六椽楼屋"，"前半间安一副春台凳子，后半间铺着卧房，贴里安一张三面棱花的床，两边都是栏杆，上挂着一顶红罗幔帐；侧首放个衣架，搭着手巾；这里放着个洗手盆，一把刷子；一张金漆桌子上放一个锡灯台；边厢两个杌子；正面壁上挂着一幅仕女；对床排着四把一字交椅。"这些家具摆设，据阎婆惜说，也都是宋江办的，那么房东所提供的，只有几间空壳楼房了。

有本书叫《尺牍双鱼》，专讲古人怎样签合同立文书，里面有份租房合同的样本：立赁房人某，今因无房居住，情愿凭中赁到某名下草（瓦）房几间，家火几件，逐一开载明白。自立契之后，如有房屋倒坏，俱在主人承顾。若门户器用稍有失错，赁房人自当赔偿。今恐无凭，立此赁房文契为照。

或许宋江也曾让房东配过家具，但一瞧租房合同，"门户器用稍有失错，赁房人自当赔偿"，干脆自己置买，省些麻烦吧。

帝制时代的廉租房

居者有其屋是古代贤人的理想,但至今也难以完全实现。为了接近这个梦想,不少国家和地区在推出其他社会保障措施的同时,都由政府主导,实施了廉租房政策。

回到此前的帝制时代,那时候也有廉租房存在,却都是民间性质的。

唐宋时期,廉租房主要来源于寺观。寺观的土地是政府划拨的,建房的资金是信民捐献的,历年的房产维护费用可以从香火钱里冲销,宗教场所的主人,也就是僧尼和道士,既没有任何投资,理论上也不以营利为目的,再加上宗教本身普度众生的信仰要求,当然有提供廉租房的义务。唐宪宗元和年间,白居易进京赶考,前后两个月,就一直租居在一个叫华阳观的道观里,因为那里房租便宜。宋朝的辛弃疾,早年赴金国中都燕京应试,为了省钱,住的是现在北京的悯忠寺。看过《西厢记》的朋友都知道,张生和莺莺在山西停留一整月,租住的也是寺观,在那永济县普救寺里,莺莺住西厢,张生住东厢,俩人同租一套公寓,顺便在西厢搞点儿风流韵事出来。

明清时期,寺观在居住方面的社会保障功能更加明显。《儒林外史》里,匡超人他们村遭了火灾,一村人没地方住,在新房子建好之前,全靠村南头的和尚庙遮风挡雨。这还是农村的小寺庙,大都市的庙宇常有上千间的客房,供应试的士子、出门的商旅以及遭了天灾的百姓临时租住。

除了寺观,明清两代又多了个廉租房的来源,那就是会馆。会馆是异乡人在客地建的聚会场所,凡是像样的会馆,都有戏台、议事厅,以及客房,客房是为旅居在外没有住处的同乡们准备的,租金非常便宜。顺治十八年(1661)建于北京的漳州会馆,福建人来租,每月只收租金三文。就在这一年,大清朝开科取士,各地进京应试的太多,致使京城房价暴涨,考场附近的包租公狮子大开口,各家挂出牌来:"状元吉寓,日租千文。"如果不是会馆的廉租房撑着,那年北京城一多半的房客都得露宿街头。

这些民营的廉租房有着天然的优势,点对点服务,满足的都是最需要房子的流动群体,无须房客写申请,无须民政局开证明,也无须一层又一层的资格审查。并且,机动性强,好进也好出,不像现在,趁钱的主儿也长占廉租房,您却拿他没办法。

‖ 明刻本《西厢记》插图:崔莺莺与张生在普救寺定情。

宋朝住房自有率

在宋朝，几乎每一个大城市都会设一个楼店务，代表朝廷，代表国家，对当地的国有房产进行经管。其经管方式主要是出租，每年收到的租金，小半留存地方，大半上缴中央，近似目前土地有偿使用费的三七分成模式，只不过今天土地有偿使用费七分留给地方，三分上缴中央；当年楼店务租金三分留给地方，七分上缴中央。

当时楼店务一年能收多少租金呢？咱们以杭州楼店务为例做个说明。南宋高宗绍兴五年（1135），杭州楼店务进账"三十余万缗"（《宋史》卷四百四），即三十万贯。

在这三十万贯进账里面，有一部分是地基钱，也就是把国有土地租给私人建房，每年收一次土地使用费，类似香港的公地年租；更大的部分是赁房钱，也就是公房出租带来的租金收入。暂时还不清楚这三十万贯里面有多少是地基钱，又有多少是赁房钱；也不清楚在所有租赁公房的行为当中，居住占多大比重，商业经营又占多大比重。但是有一个结论是很容易得出来的：当时杭州市民的住房自有率不会很高。因为假如大家都住自己的房子，楼店务的土地和公房就租不出去，就不会有那么多的进账。

还有一点是众所周知的,南宋时杭州市区人口一度飙升至百万以上,而城区面积不到三十平方公里,平均每平方公里居住三万多人(参见斯波义信《宋代江南经济史研究》),人口密度超过今天的北京,接近上海浦西一带。人多地少,空间就是金钱,部分市民拿不到地,建不起房,不得不靠租住公房来解决居住问题,也是顺理成章的事。

让人困惑的是,北宋的住房自有率也不高。朱熹说过:"且如祖宗朝,百官都无屋住,虽宰执亦是赁屋。"(《朱子语类》卷一百二十七)他的意思是,北宋刚建国的时候,大多数官员都没有自己的房子,包括宰相和枢密使那样的高级官员都要租房住。朱熹生活在南宋初年,离北宋建国已经很远了,他的话不一定贴近事实。然而我们确实能在北宋找到大量活生生的例子来证明他没有说谎。比如说,刘文超是太祖朝的名将,一生租房居住;王曾是真宗朝的大臣,租住在寇准家里;欧阳修是仁宗朝的大臣,曾经在开封里仁巷租房;范仲淹进中央之前,也是租房住的。另一位名臣韩琦与范仲淹同朝为官,他说:"自来政府臣僚,在京僦官私舍宇居止,比比皆是。"(《韩魏公文集》卷六)看来朱熹没有夸大其词。

典不到的河房

明清两代的无房人士，如果买不起房，还有租房、典房两个选择，其中典房远比租房要划算。吴敬梓写《儒林外史》，描述过典房的好处。说是做上门女婿的匡超人，嫌丈人家房窄，花纹银四十两典了一套四间的房子，住了一年有余，又把房子退了，原先那四十两重归他的腰包。而另外一位诸葛天申，要租人家三间房子，房主人"一口价定要三两一月，讲了半天，一厘也不肯让"。

租房每月都要交为数不菲的租金，而典房只需象征性押上一笔典房款。当然，在居住期间，典房款一直归房主人所有，房客不用交月租，房主人也不会出利息，真正的典房成本，就是那笔典房款的利息，但是古代只有钱庄，没有银行，即使把那笔典房款存成定期，也没什么利息，所以也无所谓利息损失。鉴于典房有上述优势，《儒林外史》里凡买不起房的，大多选择了典房，而不是租房，前面提到的匡超人是一例，还有个鲍廷玺也是一例，至于租房的那位诸葛天申，他主要是身上没钱，拿不出几十两银子做典房款。

读完《儒林外史》，再读吴敬梓的传记，您会发现，在典房还是租房这个问题上，吴敬梓表现得就像个傻瓜。话说雍正十一年（1733），吴敬梓来到南京，在秦淮河畔相中了一套房子。这房子，三层小楼，临河而建，是相当优美的水景别墅，南京人把这类房子叫作河房。是买，是租，还是典呢？许多朋友没经考证，认为吴敬梓把该河房买了下来，现代人还把它翻修一新，命名为"吴敬梓故居"。其实吴敬梓刚从老家安徽搬过来，旧房子还没卖，分得的祖产早花光了，根本拿不出巨额房款，他是花每月八两银子的代价，租到那套河房的。

按说吴敬梓应该选择典房，像他笔下的匡超人一样，押上几十两或者几百两银子，那河房暂时就归他了，等住烦了可以退，等有钱了可以买，要多划算有多划算。然而他没有，传记作家们解释，吴敬梓有些"不善经理"，所以想不到去典房。这话不值一驳，一个不懂典房的人，在小说里又怎能写出来典房场景呢？

其实不是吴敬梓不想把河房典下来，而是那河房根本就典不到。对购房的来说，典房最划算，对卖房的来说，典房却最不划算，在明清两代，房主人只有在两种情况下才会愿意典房：一是政策禁止出售、出租的时候；二是房子难以出售、出租的时候。那秦淮河畔的河房，私人开发，交易自由，环境优美，供不应求，既能卖掉换钱，又能租出去换钱，当然就不外典了。现在无房人士没有典房的机会，也是这个道理。

二房东的小竹筒

崇祯年间,上海有个朱员外,外有良田千顷,内有广厦万间,兼做地主与房东,进账颇多;嘉兴有个常道人,下无寸土耕种,上无片瓦栖身,唯练就一身五雷法和茅山术,给人驱妖捉鬼,也挣了一些余财。

且说有一天,常道人来到上海,特地去拜访朱员外。寒暄之后常道人说:"要论房子数量,贵府在上海数一数二,每年的租金也很可观,但是恕贫道多嘴,您这样零租可不如批租。"朱员外问:"什么叫零租?什么叫批租?"常道人说:"零租就像您这样,有多少房子租给多少人,谁来租房都得接待,月底收房租也是挨家挨户,加上退房投诉租金调整装修纠纷等等杂事,都要一件件去处理。若依贫道建议,不如改成批租,所有房子租给一人,那样您就省心多了,而且进账不会减少,零租的时候收多少钱,批租的时候还能收多少钱,从此摆脱烦恼,一身轻松,有充裕的时间,度度假旅旅游,多有生活品位啊!"朱员外听了怦然心动,想想又迟疑道:"可是我那么多房子,谁会全部租下来呢?"常道人随即摸出几锭银子,排在朱员外面前说:"您如果愿意,现在咱就可以签合同,定金我都准备好了。"于是双方谈

了价格,签了合同,把原来房客统统赶跑,三百余间空房全部租给了常道人。

房子到手,常道人锁了大门,打开行李箱,取出三只小竹筒。那小竹筒,翠绿可爱,光可照人,两头都用细布塞着。道人拿过来第一只竹筒,扯去布头,往外一倒,哗哗地流了一地豆子,那豆子见光即长,长成无数石膏板,吹一口气,满院乱飞,落下来刚好把三百间大房子隔成三千间小房子。又拿出第二只小竹筒,同样倒一地豆子,这回没变石膏板,变出桌椅床柜,吹一口气,也是满院乱飞,飞进三千个小隔间,每间一张桌子两把椅子,床柜沙发样样齐备。最后取出第三只小竹筒,也真叫神,一颗豆子变一个房客,而且有男有女,仿佛豆子也分公母似的。道人再吹口气,豆子房客纷纷掏钱,向他交了第一个月房租,各自搬进小隔间住去了。不用说,豆子房客交给他的钱,肯定比他交给朱员外的多。用今天的话说,这常道人就是二房东,先批发后零售,赚的就是这个差价。

常道人搞这么大动静,朱员外不可能没反应,可是等他过来瞧时,房子已被改得面目全非了,此时回过意来,心疼得不行,要道人恢复原样,赶紧走人。常道人笑眯眯地说:"您总得等合同到期不是?等合同到期,我保证拆掉这些小隔间,原来什么模样还您什么模样。"朱员外虽然半信半疑,但有合同在,也只能让道人继续租着。据前人记载,合同到期后,道人结清了房款,"尽以人众器具纳之筒内,飘然长往,不知所终",倒也没有食言。

也得说朱员外运气好,倘若碰上另一类二房东,大概会在合同到期之前，带着房客们预交的房租扬长而去，而这边朱员外只能想法赶那些房客离开，反正不让他们做冤大头，自己就得做冤大头。他不可能找二房东算账，人家早就飘然长往，不知所终了。

宁羡房东不羡仙

要论哪个房东最牛，还数五代末年郑建中先生。郑先生，大富翁，仅在湖北安陆一县，就有房产几千处，县城数万居民，大半是他的房客。每逢月底，郑府门前人头攒动，都是来交房租的；而郑府之外街巷一空，因为人们都到郑府交房租去了。那场面，哗啦啦铁钱乱响，乱哄哄人声鼎沸，宛如七村八店的乡亲们都来赶大集。等大门洞开，郑先生缓步而出，黑压压的人群立即蜂拥过去，仿佛这里在搞明星发布会，无数歌迷追要签名似的，只不过他们手里挥舞的不是签名本，而是一串串铁钱。此时安陆县城三分之二的警力都得抽调过来，在这儿维持秩序，以免房客们故意找茬，和郑先生打起来。如前所述，房客实在太多，这帮爷要是急了，也不用动手，每人吐口唾沫，郑先生就得变成落汤鸡；一人撒一泡尿，郑府就得考虑抗洪的事。所以郑先生也不敢把房租定得太高，往往是别处都涨了，他这里房钱依然不动，要是碰上天灾人祸，个别房客揭不开锅了，他还会发发慈悲，给对方减免一部分租金。所以郑家房子虽多，收上来的房租却不像我们想象中那么惊人，据《十国春秋》说，每年"赀镪巨万"而已。当时币制混乱，铁钱交易常论堆论垛，"赀镪巨万"的实际价值未必可观。

不过作为房东,名下拥有那么多房产,即便进账不多,也必是细水长流,旱涝保收,不愁日常开销的了。况且那时候当房东,都是坐等租客上门,无须四处广告,平日里巡察几回,月底收收账,既清闲又没风险。只要政策不变,不搞等贵贱、均贫富的大革命,这种逍遥自在的小日子就能一直持续下去。我查郑氏家谱,发现在郑建中之后,其儿子郑纾、孙子郑毅夫都是官员,在官场都如鱼得水,但房东的身份都没丢,不仅继续在湖北安陆买房取租,还在河南开封建起了公寓,出租给远来赶考的士子。当然,这已是北宋初年的事了。

比起五代十国,北宋确实安定多了,商品经济也发达多了,政府实行相对开明的经济政策,商人、工匠和部分农民纷纷进城,房东的日子更加滋润。且说宋仁宗皇祐元年(1049),南京(今河南商丘)就有一位房东,姓李,行二,名字失考,姑且叫他李小二。李小二仅有两处房子,一处自住,一处出租,但当时房价飙升,房租水涨船高,虽然只出租一套房子,每月的租金也够维持温饱了,所以李小二挺满足。忽一日,有位异人来到李家,自称吕洞宾转世,来到凡间度人成仙,只因小二骨骼清奇,所以特地来度他。小二不信,该异人立马表演了一套点石成金之术,然后说,只要小二愿意,就先传他这门功夫,以后不用上班,逍遥自在,别提多爽了。小二仍然不学。异人很奇怪,问他为啥这样固执。小二甜蜜地说:您瞧我现在还不够爽吗?

两宋民居,门柱多刻楹联,相信李家楹联是这么刻的:

多收月租少收税,宁羡房东不羡仙。

横批:四季发财。

有多少才子佳人都成了房东

在旧社会,有权有势的人往往占有大片地产。南北朝时期,谢灵运"左江右湖、南北二山"(《宋书》卷六十七),孔灵符"水陆地二百六十五顷"(《宋书》卷五十四)。隋唐时期,李晟有击球场二十亩,李德裕有平泉庄九十亩,官职低微如白居易,也在洛阳置了十七亩地皮。

然而这些手握地皮的大腕并没去开发商铺和住宅,他们只建几所房子自住,剩下的地皮,大多用于农业。譬如谢灵运那块地主要产稻,孔灵符种果树兼养猪,李德裕平泉庄有黄河鲤鱼,白居易开辟了五亩菜园子。像白居易,一个人经管五亩菜园还忙得过来,谢灵运和孔灵符就得雇人,让家奴照应,或者租给附近的佃户。这样子很像中世纪欧洲的庄园经济。

在土地的各种利用形式当中,农业自然是最低效的。李德裕的平泉庄就位于长安西郊,平整之后开发成Town house,大概比养鱼更来钱。不过当时市场很落后,意识很僵化,李德裕们最后选择的总是当地主,而不是当房东。

有关意识僵化这个问题,宋朝有例为证。北宋初期,士大夫是不能出租房屋的,因为"僦赁取直者,京师人指为钱井经商"

（《清异录》卷一）。回顾一下宋代以前的史料、笔记和传奇小说，出租房屋的多是寺庙、旅店和经纪人家，士绅阶层是不好意思当房东的，尽管数他们闲房最多。

明代号称资本主义萌芽时期，靠不动产取利不再那么被人瞧不起。明小说《欢喜冤家》里有个冯员外，他家房子是公开出租的，湖州避难来的费公子来租房，管家道："一两一月，按月取租。只是小房钱要一两二钱，倒少不得。"不仅公开出租，而且明码标价，有点儿房东的派头了。

冯员外只是把闲房赁出去，还不属于房地产投资，房地产投资应该是到清朝才盛行的。晚清习俗，"买房宅取租以为食者谓之吃瓦片"（《旧京琐记》）卷一），买房宅取租，当然是有目的有策略的投资行为。

清朝流行的房地产投资形式，一是买商铺取租，如康熙年间，翰林院侍讲高士奇曾在北京顺成门外大买商铺，前后花白银"四十余万"（《清史稿》卷二百七十一）；二是买住宅取租，如清小说《绘芳录》里著名歌伎柳五官，为赎身从良，"大小房屋共买了二十余处，每月也有数十千文生息"。高士奇是才子，柳五官是佳人，遥想当年，随着不动产收益的日益增长，与农业收益的相对下降，这拨才子佳人正与时俱进，纷纷摘掉地主的帽子，摇身一变都成了房东。

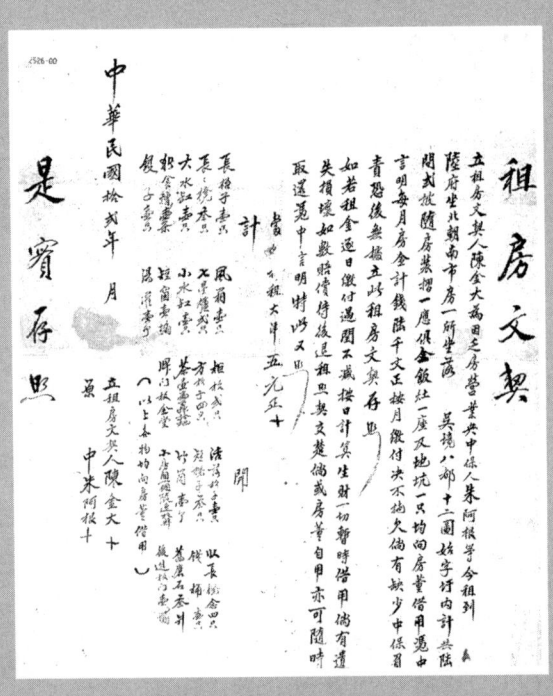

‖ 民国时代的租房合同。现藏日本京都大学图书馆，编号2526-00。

官员租房

宋仁宗治平四年（1067）六月十八日，欧阳修收到庐陵老家来信。信上说，孙女肠胃不好，常犯痢疾。欧阳修很挂念，叮嘱家人尽快请医生，倘若医药费不够，"但于房钱内取。及他事少钱使，但于房钱内随多少取使，不须先来问也"（《欧阳修集》卷一百五十三）。

欧阳修让家人支取的"房钱"，指的是他们家的房租收入。像当时其他绝大多数士大夫一样，欧阳修薪俸每有结余，一般拿来买房置地，供自住和出租，其租金收益则用于家人开销，以及为将来退休后继续过优裕生活做准备。比欧阳修稍晚的宋朝文人叶梦得总结道："人未有无产而致富者也。有好便田产，可买则买之，……勿计厚直。"（叶梦得《石林治生家训要略》）意思就是，如有积蓄，一不炒股，二不买基金，三不存银行吃利息，只投资于不动产，靠租金过生活，以求旱涝保收，细水长流。这种理财风尚在整个帝制时代一直占主流。

但是在欧阳修刚刚参加工作的时候，这种靠房租养家的逍遥日子却是他想都不敢想的。他曾经写诗描述自己初到京城时的居住生活：

> 嗟我来京师，庇身无弊庐。
>
> 闲坊僦古屋，卑陋杂里闾。

说明欧阳修最初也是租房住的，后来官做得大了，收入高了，才有机会在老家置起一大片产业，跻身房东一族。

朱熹说："且如祖宗朝，百官都无屋住，虽宰执亦是赁屋。"（《朱子语类》卷一百二十七）这话可能有些夸张。但在北宋一朝，的确有大量"公务员"经历过一段或长或短的租房生活。例如苏轼在黄州租过房子（参见《苏轼集补遗》尺牍四百三十九首《与南华辩老九首之九》），王曾在开封租过房子（参见孔平仲《孔氏谈苑》），黄庭坚在宜州租过房子（参见《老学庵笔记》卷三）。

宋英宗即位，以卫国公韩琦功大，分给他一所房子，韩琦推辞不受，理由是"自来政府臣僚，在京僦官私舍宇居止，比比皆是"（《安阳集》卷六《辞避赐第》）。就是说，作为三朝元老，他应该跟大伙一起租房才像样，岂敢再接受福利分房？这说明在当时官员租房已成风尚，就像他们置房取租已成风尚一样。

公房出租

七百多年前，蒙古帝国渡过长江，去灭南宋，一路杀人放火、强奸掠夺，激起不少反抗。后来南宋灭亡，蒙古帝国在江南站稳脚跟，开始找反抗者算旧账，把他们关的关杀的杀，家属统统为奴，房屋一律充公，元帝国的部分公房就是这么来的。

有份奏章（《通制条格》卷十六《田令·皇庆二年六月》）可以做证：

> 收附江南时分，一个姓毛的、一个姓柴的人，不伏归附，谋叛逃窜了的，上头将他每的家私物业断没入官了来。

这是中书省官员写给元仁宗爱育黎拔力八达的奏章。此时离南宋灭亡已有三十多年，正是元政府秋后算账，大规模捕杀反抗者的时候，那些"不伏归附、谋叛逃窜"的老百姓，其"家私物业"自然要被合法地"断没入官"。

归纳起来，历朝历代的公房无非来自以下几个渠道：一是政府自建，二是户绝房产，三是前朝遗留，四就是前面所说的，把犯法业主们的房子罚没充公。

基本上,每一个朝代刚建立的时候,政府手中都会握有大量公房,其中一部分归皇室使用,一部分会变成办公场所,一部分被皇帝以"赐第"的形式分给个别高级官员,一部分将作为地方官吏的宿舍(例如元朝)。这么分配之后,如果还有剩余,则政府会选择把它们租出去。

关于这一点,同样也有一份奏章(《通制条格》卷十六《田令·至元二十一年六月》)可以做证:

> 江淮等处系官房舍,于内先迁转官员居住,分明标附,任满相沿交割。其余用不尽房舍,依上例出赁,似为允当。

这是中书省与御史台两套班子写给元世祖忽必烈的奏章。该奏章意思是说,江南一带公房,除分给地方官做宿舍用外,还有一些空闲房屋,应该按照以往惯例租出去,以免浪费。可见政府出租空闲公房是老规矩了。

元政府出租公房能带来多少收入呢?以元仁宗延祐七年(1320)江苏省吴江县的公房出租数据为例,吴江县这一年出租公房"三千一百一十六间半","岁办赁钱一十二锭一两五钱整"(《弘治吴江志》卷二《贡赋·房地赁钞》)。所谓"赁钱",就是房租。

免房租

苏轼写信（《苏轼集补遗》尺牍四百九十三首《与程正辅四十七首之十》）给表哥程正辅：

本州管六头项兵，却一半无营房。其间有营房者，皆两人住一间，颇不聊生。其余只在民间赁屋散住，每月出赁房钱百五十至三百。其间赁官屋者，即于月粮钱内刻。

这段文字说明三点：
一、当时营房紧张，军人有租赁民房的，也有租赁公房的；
二、不管是租赁民房还是租赁公房，都要交房租；
三、房租每月结算一次。

与苏轼同一时代，比苏轼大三十岁的另一宋朝文人江休复，转述一京官的话（江休复《江邻畿杂志》）：

任京有两般日月。望月初请料钱，觉日月长；到月终供房钱，觉日月短。

这段文字说明两点：

一、当时住房自有率不高，某官员也是通过租房来解决居住问题；

二、该官员月初领薪俸，月末交房租，其房租也是每月结算一次。

至于这位官员租的是公房还是民房，从文字里看不出来。包括他每月交多少房租，咱们也无从得知。不过听他语气，房租负担似乎不低，要不然也不会每到月底就嫌日月短了。

五代末北宋初，湖北安陆有一郑建中先生，家藏万贯，房舍众多，安陆城中大半居民都是他的房客，每月交给他的房租都可以买下几个当铺再加几千亩地。换言之，这位郑先生是个大房东。

郑建中心善，每年"隆冬苦寒，蠲舍缗仍两月"（王得臣《麈史》）。"蠲"是免除，"舍缗"是房租，郑房东每年免除两个月的房租，算是给房客们减轻了经济负担，苏轼麾下的士兵和江休复提到的那位京官没能租到他的房子，应该感到遗憾。

政府心也善。在南宋都城杭州，租赁公房的房客一度超过十万人，每逢水灾旱灾或者皇太后生日，朝廷都会减免房租，碰上皇帝心情好，房客们租一年房子也不用交一文钱。（参见《武林旧事》卷六《骄民》）苏轼麾下的士兵和江休复提到的那位京官没能在南宋都城租房，也应该感到遗憾。

第四篇 住房政策

西周售房合同

我承认,西周的科技水平没有我们今天先进,人民的生活条件也没有我们现在优越。可是,如果只瞧制度,尤其是不动产制度,西周时期倒跟今天大同小异:当时跟今天一样,土地的所有权属于国家,一律不能买卖,土地的使用权以及土地上面的房子则可以归属个人,在市场上出售、出租、典当和抵押。另外,当时买卖地权和房子,一样要签合同。

《周礼》记载:"凡卖买者,质、剂焉,大市以质,小市以剂,以质、剂结信而止讼。"什么意思呢?就是说包括不动产交易在内,一切交易都要有合同。合同分两种,一种是买卖房子、奴隶和牲口时使用的,叫"质";一种是其他小额交易使用的,叫"剂"。买卖双方签了"质"或者"剂",就不许反悔了,这样可以提高交易的成功率,避免大量民事诉讼的发生,促进社会和谐。

《周礼》是伪书,里面瞎话多,实话少,与其说它如实记载了周朝的典章制度,倒不如说它是儒生们对远古社会的美好憧憬。不过前面描述交易合同那段却有真实的成分——西周时期的确出现过"质"和"剂","质"和"剂"的确曾经是不动产交易合同的一种。

按郑玄考证，"质"比较长，"剂"比较短，都用竹板制成，上面刻上字，用刀劈开，买卖双方各执一半，就算是把合同签完了。

打个比方，您卖给我一套一百平方米的房子，房款是五十万元，您把房本给我，我把房款给您，然后咱们签了一个"质"。怎么签呢？一般来说，我需要到市场管理员那儿领一根竹板，刻上"房子壹佰平方米房款伍拾万元从此之后不许反悔谁要反悔谁是乌龟"的字样，再把竹板劈成两半，使这行字很均匀地左右分开，给您一半，我拿一半。倘若以后您敢找后账，我就拿自己收藏的那一半跟您理论。我说的"理论"，当然不是拿竹板抽您，也不是把竹板当成点穴镢或者判官笔来点您穴道，而是表明我有合同在手，不怕跟您打官司。

汉代财产税

历史上,一打仗,财政就赤字,财政一赤字,皇帝们就问老百姓要钱。历朝历代都这样。

举例说,东晋跟胡人打仗,打得国库空虚,于是就有契税横空出世;唐朝跟军阀打仗,打得国库空虚,于是就有物业税应运而生。可见新的税种往往以战争为背景。

这篇文章要说的是汉代的财产税。

东晋的契税有个乳名,叫"散估";唐朝的物业税有个乳名,叫"间架税";汉代的财产税也有个乳名,叫"缗钱"。"缗"是把一千枚铜板串一块儿,顾名思义,"缗钱"就是政府强行从您那一千枚铜板中抽出来的若干枚。

仅就咱们中国而言,散估是最早的契税,间架税是最早的物业税,缗钱则可能就是最早的财产税。我说"可能",是因为我读书太少,底气不足,不敢太肯定,也许汉代以前也出现过财产税或者类似财产税的东西,只是我还没看到而已。

跟东晋的散估和唐朝的间架税一样,汉代的缗钱也是以战争为背景,只不过东晋散估起因于抵御外侮,唐朝间架税起因于平定内乱,而汉代缗钱则因西汉第五个皇帝刘彻好大喜功,打来打

去,钱不够花了,于是打起老百姓的主意,让大伙掏腰包给他。《史记·平准书·正义》有记载:"武帝伐四夷,国用不足,故税民田宅、船乘、畜产、奴婢等,皆平作钱算。"就是说把您的房子、汽车、宠物和保姆统统估价,然后按比例收税。

在西汉,有俩皇帝征收过缗钱,一个是汉武帝刘彻,另一个是汉昭帝刘弗陵。这两位定的税率高低不等,不严格地说,刘彻按百分之二征收,刘弗陵按百分之一征收。假设您身家千万,如果不幸生为刘彻的子民,那么至少得交给政府二十万(还有其他税种);如果侥幸生为刘弗陵的子民,只交十万就差不多了。

那时候没有资产评估师,你们家究竟有多少固定资产,那些固定资产究竟值多少钱,主要靠您自己统计,自己估价,然后自己申报。既然是自己来,您当然要少报一些,本来两套房子,只报一套,本来开的宝马,却报富康,以便省些税金。

比如汉昭帝时期,甘肃有位村官叫徐宗,他的纳税申报单是这么填的:"宅一区,值三千;田五十亩,值五千;用牛二,值五千。"事实上,这厮既放高利贷,又出租房子,那些收入都给瞒了。

悬钱立券，家园豁免

比方说，您用房子做抵押，借银行二十万，然后拿这二十万去炒股，赔了，还不上贷款了，按照惯例，银行将卖掉您的房子，这样您就跟银行两不亏欠了，可您也无家可归了，您只有租房，或者更惨一点，您流浪街头，您饥寒交迫……

为了避免这种悲剧发生，美国人制定了一部《家园地豁免法》，规定银行实现对居民的抵押权时，必须给抵押者保留一定面积的家园地。也就是说，不管您欠银行多少钱，银行都得给您留个窝。有这部法律限制着，只有一处自住房产的居民再向银行申请抵押贷款时，难度自然要增加许多，但也减少了有产者变成无产者的风险，从社会和谐的角度讲，算是利大于弊。

后来读史，我惊喜地发现，早在南北朝时期，咱们中国就有过类似家园地豁免的法令。

这事儿要从梁武帝他兄弟说起。您知道，梁武帝叫萧衍，他有个兄弟叫萧宏，萧宏这人很有钱，正史上说他家里有很多仓库，每间仓库存钱一千万，总共存了三十间。（参见《南史》卷五十一《梁宗室上·临川静惠王宏》下面凡未注明出处的皆同

此)。富到这个地步,萧宏还是不满足,他希望他的存款不仅能保值,而且能增值。那时候不时兴炒股,也不流行买基金,要想让钱生钱,除非放高利贷,萧宏就在南京城里(梁的首都在南京)大放高利贷。高利贷得有抵押,萧宏让借款人一律用房子做抵押。

南北朝时的俗语,抵押贷款叫"悬钱",抵押贷款合同叫"悬券",萧宏发放了大量悬钱,也跟借款人签订了不少悬券,悬券上都写明了还款日期,如果借款人到期还不起,萧宏就带上兵马,把债务人从家里赶出去,别人的房子就成了他的房子。正史上说:"宏都下有数十邸,出悬钱立券。"意即萧宏在南京有几十处房子,全是因为别人还不起他的高利贷,被他强行收回的抵押品。

萧宏坐拥几十处地产,自然兴高采烈,那些被他赶走的债务人可就惨了,他们只能租房居住,或者流浪街头,给社会治安带来很多问题。梁武帝觉得这样下去不利于安定团结,就发下一道诏令:"悬券不得复驱夺。"意思就是说,以后不管是谁发放贷款,不管立了多么严格的贷款合同,都不能因为别人还不起贷款而把他们赶出家门。

五百年后,司马光编写《资治通鉴》,曾对梁武帝做出积极评价。他说:"悬券不得复驱夺,自此始。"(《资治通鉴》卷一百四十八)

均田法，小产权

唐朝初年实行的也是土地公有制，也有农村土地和城市土地的区别，也对土地做了分类。按照用途的不同，当时把农村土地分成露田、桑田、麻田和宅地。不严格地讲，露田相当于今天土地分类中的水浇地、旱地和菜地，桑田和麻田相当于园地，宅地则跟宅基地是一回事儿。

唯一跟今天不一样的是，唐朝没有国家所有、集体所有这类说法，当时全国所有土地，无论农村还是城市，在理论上，统统归国家所有。"普天之下，莫非王土，率土之滨，莫非王臣。"说的就是这个意思。

现在的法律禁止农村土地自由买卖，唐朝的法律同样禁止农村土地自由买卖。唐政府在开元二十五年（737）规定："诸田不得贴赁及质，违者财没不追，地还本主。"（《通典》卷二，田制下）在天宝十一年（752）规定："自今以后，更不得违法卖买口分、永业田。"（《册府元龟》卷四百九十五《邦计部·田制门》）还在《唐律疏议》里规定了更严厉的惩罚措施："诸卖口分田者，一亩笞十，十亩加一等，罪止杖一百，地还本主，财没不追。"（《唐律疏议》卷十二《户婚》）把上述条例翻成白

话,就是说农村土地不能买卖,不能出租,不能抵押,也不能质押,如果有人违法卖地,政府可以没收其卖地所得,如果卖的是责任田(口分田),则不仅要没收卖地所得,还要打他的屁股,每卖一亩打十棍,超过十亩就劳改。

政府禁止农民卖地,当然有它的理由。首先,普天之下,莫非王土,你的土地不归你所有,而是归政府所有,所以只能让政府卖,不能让你卖。其次,在唐朝初年,农民的土地确实也是政府给的。当时搞均田法,把农村土地收归国有,然后再按人均分,既分责任田,也分自留地(永业田),还给每家每户分了宅基。既然你的土地是政府承包给你的,政府当然有权不让你卖掉,用唐朝官员的话来讲,就是"受之于公,不得私自鬻卖"(《唐律疏议》卷十二《户婚》)。

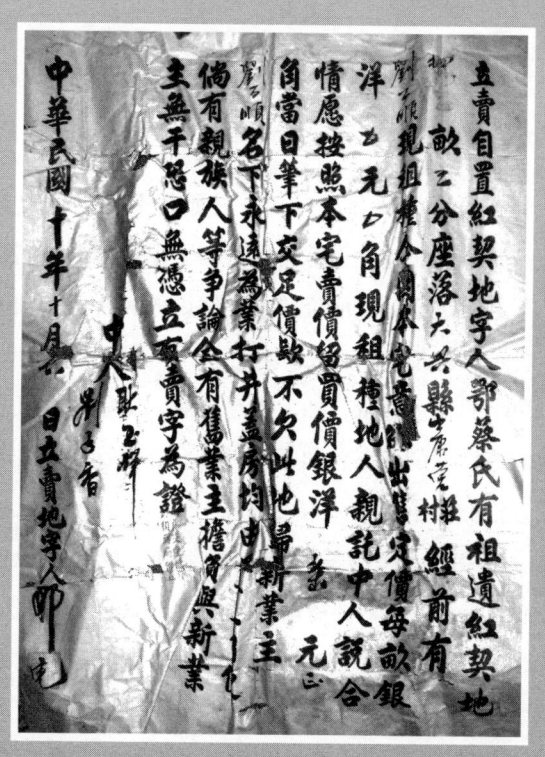

‖ 民国十年（1921）大兴鄂蔡氏卖地白契，北京大兴区居民李翠屏女士提供。

宋朝的住房救济

"一个有温情的社会,有义务对那些不太成功的人提供帮助,如果不能帮他们过上正常的生活,至少也要帮他们维持最低的需求。"这话是新加坡前资政李光耀说的,相信宋朝人还没有听说过,然而宋朝人却那样做过。

北宋初年的几个皇帝,如太祖赵匡胤、太宗赵光义、真宗赵恒,在他们统辖下的各路各州都设过义仓,每逢灾荒之年,就开仓放粮或者搭棚散粥(见《宋史·志第一百三十一》,以下未注明出处者,均引于此)。这些措施对饿肚子的人来说当然是帮助,帮他们维持了一种最低需求:吃。

到了仁宗即位那年(1022),京师闹瘟疫,大伙看病要花钱,埋葬亲人要花钱,大批租房居住的商贩和军户交不起房租了。这时仁宗说话了:"这阵子楼店务不要收房租。"一道圣旨,帮众人维持了另一种最低需求:住。

帮人们过上正常的生活,叫作保障;帮人们维持最低的需求,则叫救济。宋仁宗免收房租的政策固然谈不上住房保障,却是真正的住房救济。继仁宗之后,英宗又下诏各州各县:以后每逢灾年,除开仓放粮外,公房房租一律蠲免。

免收房租只能是暂时的救济措施，从仁宗庆历二年（1042）到神宗熙宁九年（1076），宋朝政府又重修东、西福田院，增设南、北福田院，命工部大建住房，但凡逃荒入京的流民、赤贫破家的市民、无人奉养的老人等，尽可能安置进福田院，每年所需费用约五百万，全由中央财政承担。北宋末年，权臣蔡京当国，又下令各州县设置居养院、安济坊和漏泽园，其中安济坊用于慈善医疗，漏泽园用于安葬无人认领的尸体，居养院则用于住房救济：让遭了天灾的居民和无家可归的乞丐居住。这个措施一直延续到南宋中叶。

概括起来，宋朝的住房救济包括三种：一是像宋仁宗、宋英宗那样，对租住公房的市民减免房租；二是由政府建房，免费安置流民和赤贫户，如神宗所设福田院和蔡京所设居养院都有这个功能；再就是廉租房。例如仁宗庆历末年，枢密副使富弼出知青州，当年黄河决口，约五十万人无家可归，富弼命辖下各县出资修建简易房，以低租形式供人们居住（参见王辟之《渑水燕谈录》）。再如仁宗至和三年（1056），龙图阁直学士蔡襄出知泉州，在泉州万安渡造屋数百间，低租出赁给船户，那也是典型的廉租房。（参见方勺《泊宅编》）

田宅充公

大历十四年(779),唐代宗李豫让人统计上一年的收入,发现"州府没入之田,有租万四千余斛"(《唐会要》卷八十三《租税上》)。彼时一斛为十斗,一斗六公升,"万四千余斛"是八十四万公升,能装一百三十万斤粮食。这些粮食够一百万人吃一天,够三千人吃一年,如果谁也不动,让皇帝一个人可劲儿造,足以保证他在几千年内不会饿死。当然,前提是粮食的保质期足够长,一般情况下,皇帝还没烂,粮食就先烂了。

一百三十万斤粮食收上来,究竟是归宫廷,还是归财政,我们不得而知,只知道李豫瞧了报表之后很高兴,好像那些粮食全是白捡的一样。其实还真是白捡的,如前所述,那些粮食出自"州府没入之田",也就是本来属于私人、后来被政府没收的土地。

政府没收私人土地由来已久,在李豫之前,武则天曾经没收李氏皇亲的田产;在武则天之前,李世民也曾没收建成、元吉的田产。他们的田产之所以被没收,是因为他们犯了罪,李氏皇亲犯的是叛国罪,建成、元吉犯的是颠覆国家安全罪。犯这种罪,罪不容诛,活该让皇帝诛了他们,再没收他们的土地。

臣民犯罪，不仅土地会被没收，房子也会被充公。当年蒙古军队横行江南，江南人不服，加入白莲教、弥陀教，拉杆子造反，一朝被逮，男的砍头，女的做营妓，房子归政府。（参见《通制条格》卷十六《拨赐田土还官》）元朝中后期，中原有人印制假钞，被人告发上去，男的砍头，女的做营妓，房子归政府。（参见《通制条格》卷四《伪造妻属》）

即使不犯罪，房子也可能会被充公。北魏前期，大同附近，没有儿子的家庭，政府都备了案，一旦女儿出嫁，双亲过世，地方官就派人来接管房子。（参见《魏书·食货志》）唐朝后期，洛阳城中，市民们逃离战火，到乡下避难，再回去的时候，就会发现自家的房子已经在挂牌出售了，想要回来是不可能的，除非掏钱去买（《旧唐书》卷二十）。在宋朝，有"女户"和"户绝户"，前者只有女儿没有儿子，后者连女儿也没有，这两种家庭都是政府关心的对象，因为等人死了，政府可以依法没收并出售他们的房子。在元代也是一样，中统年间皇帝下旨："随处若有身丧户绝，其田宅、浮财、人口、头疋等项尽数拘收入官。"（《通制条格》卷三《户绝财产》）"田宅"是不动产，"浮财"是钱，"人口"是奴隶，"头疋"是衣服，总之一切归公。

在宋朝，政府比较有爱心，如果卖"女户"的房子，会把售房款的一半交给那家已经出嫁的女儿。在元朝，政府比较没爱心，不管卖"女户"的房子，还是卖"户绝户"的房子，收入都归国家。

赐 宅

当年王导协助晋元帝定都建康,晋元帝送他别墅一处、土地八千亩,位于钟山西侧。(参见《南史》卷二十二《王骞传》)狄仁杰判案有方,威名素著,武则天送他一处宅院。(参见《旧唐书》卷八十九《狄仁杰传》)安禄山擅长拍马,讨人喜欢,唐玄宗送他奴婢十房、宅院一处、土地数千亩。(参见《旧唐书》卷九《玄宗本纪》)魏忠贤权倾朝野,明熹宗送给他侄子魏良卿一套房子、土地若干。(参见《明史》卷三百一十五《魏忠贤传》)祖大寿投降女真,努尔哈赤送给他儿子和孙子每人一套房子。(参见《清史稿·列传第二十一》)康熙平三藩的时候,大将张勇、赵良栋等人战功赫赫,康熙为他们在北京建了府邸,还拨了庄田;就连唐太宗李世民也送过别人不动产:他打天下的时候,曾被少林武僧相救,后来做了皇帝,送给少林寺一万亩良田作为回报。(参见《金石萃编》卷七十四《少林寺赐田敕》)

抛开等级差异,皇帝送给臣下不动产,就跟开发商送给明星不动产一样,或者因为喜欢受赠人,或者想从受赠人身上捞点儿好处。另外,只要他们高兴,想送给谁就送给谁,想送多少就送多少,他们有这个权利。

但是等级差异毕竟是存在的：开发商送别人东西，叫"赠"，皇帝送别人东西，叫"赐"。赠出去的东西，意味着其产权永远属于别人，如果再想要回来，不但人情上说不过去，法律上也不支持；赐出去的东西，则随时还能要回来。

例如唐高祖李渊赐过秦琼、罗成等人房子，后来李世民即位，就把他爹赐出去的房子要回一大批，再赐给其他功臣。（参见《旧唐书·萧瑀传》）唐玄宗李隆基赐过御史大夫王铁房子，后来王铁惹他不高兴了，李隆基不但把赐出去的房子要了回来，还没收了王铁别的房子。（参见《封氏闻见录》卷五）

如果说开发商赠给明星房子，近似肉包子打狗，那么皇帝们赐给臣下房子，就像暗器高手打飞镖——"噗"的一声打出去，又"嗖"的一声飞回来，镖没丢，还带回来一嘟噜肉。

一份契约里的元代房政

我们看一份元代房契：

泉州路录事司南隅排铺住人麻合抹，有祖上梯己花园一段、山一段，于内有亭一座、房屋一间及花果等木在内；坐落晋江三十七都东塘头庙西……因为阙钞经纪用度，将前项花园并屋基连土出卖。遂由晋江县颁给公印，勘合明白，立帖已问亲邻，俱各不愿承支。今得蔡八郎引到在城东隅住人阿老丁前来就买，经官牙议定，时价中统宝钞六十锭。……所有合该产钱，麻合抹户苗米二斗八分，自至元二年为始，系买主抵纳。今恐难信，立卖契一纸，付买主印税收为用者。

落款：

至元二年十月，情愿卖花园屋基人麻合抹，同卖花园母亲时邻，引进人蔡八郎，知见卖花园屋基姑父何暗都剌。

契约中，"至元"是元惠帝年号，至元二年即1336年；麻合抹、阿老丁、麻合抹母亲时邻,及其姑父何暗都剌,都是移民中国的阿拉伯人。这份契约说明,在六百多年前,元代治下的泉州路镇江县,两位老外成功进行了一宗房地产交易。交易双方:卖主麻合抹,买主阿老丁。交易标的:一座花园及一处宅基。交易起因:麻合抹做生意缺钱(契约中"阙钞经纪用度",意思是生意上周转不开,这是古代不动产契约中的套话,但也可能是实情)。

从这份契约还能看出元代的一些房产政策。

首先,在元代拥有不动产要交财产税,契约中说"麻合抹苗米二斗八分",就是指麻合抹没出售花园、宅基前,每年要交两斗八分米的税;出售之后,这项税"系买主抵纳",该让阿老丁交了。

其次,买卖房地要交契税和印花税,契约结尾说"立卖契一纸,付买主印税收为用者",其中的"印"是指印花税,大概每份契约四十文;"税"是指契税,按百分之四的税率由买方缴纳。

再其次,元代有先评估后交易的规定。也就是说,买卖房地产需经官方估价。例如契约中有"经官牙议定"的话,"官牙"就是经官方认定的中介人,兼有掮客和估价师两种身份。另外元代很重视地役权,凡卖房卖地,必须立张"问帖",写明所卖不动产的详细情况和希望卖价,向亲戚和四邻询问一遍,如果有人想买,必须优先卖给他们;只有亲邻都不愿购买的时候,才能卖给旁人。契约中有一句"立帖已问亲邻,俱各不愿承支",就是指的这个。

事实上,在这份契约之前,确有一张问帖,它是这样写的:

> 泉州路录事司南隅排铺住人麻合抹,有祖上梯己花园一段……今欲出卖价钱中统钞一百五十锭,如有愿买者,就上批价,前来商议;不愿就买者,就上批退。

麻合抹写了问帖,像给情人传字条一样传给所有的亲戚和邻居,结果大家都批了"退",然后他才把房子出售给了其他人。

严禁官员买房

张中行写过一本讲古文的书,说古文其实很简单,因为它不爱变,从司马迁的《史记》到林琴南的翻译,前后相差两千年,字词和句式还像一个妈生出来的。与古文相比,倒是古代的白话文更难懂一些。

他的话没错,以眼前这段元代白话为例,读起来就够让人头大的:

至元二十一年四月,中书省奏过事内一件。在先收附了江南的,后头至元十五年:行省官人每、军官每,新附人的房舍事产不得买要,买要呵,回与他主,圣旨行了事。如今卖的人用着钞,没人敢买生受,有人待买呵,怕圣旨有依着。圣旨:官人每不得买,百姓每买呵、卖呵,怎生么道?阇阇你教为头众人商量了,与中书省家咨示来。中书省官人每:俺众人商量得,依已前体例,官吏不得买者,百姓每得买卖者。么道奏呵,那般者么道,圣旨了也,钦此。(《元典章》卷十九《户部五·房屋》)

在元代白话里,"每"就是"们","呵"近似"如果","么道"有"这样"的意思。

整段白话是说这么几件事:

至元十五年(1278),元世祖忽必烈颁布一道圣旨,禁止所有官员在江南一带买房;至元二十一年(1284),江南的地方官向中央请示,问老百姓可不可以在江南买房;忽必烈听取了宰相和中书省的意见后,认为老百姓是可以买的,而官员们仍然不能买。

忽必烈为什么要禁止官员买房呢?

原因有两点。

首先,蒙古帝国灭了金国、西夏、大理和南宋,从前朝那里继承了许多国有房产。在灭国的过程中,死在他们铁蹄下的平民也不少,那些平民的房子也因为无人看管而收归国有。这样在元朝初年,政府手里就掌握有大量公房,可以随心所欲地分给中央官员和地方官员,作为他们的办公楼或者家属院。简言之,大多数官员可以依靠国家来解决住房问题,没必要再去买房。

其次,南宋刚刚灭亡那会儿,元军跑到江南当起领导来。个别领导素质不高,嫌分到的公房太小,出去借住或者购买民房。借住民房的不仅强拿强要,而且强奸杀人。(参见《元典章》卷五)购买民房的也很蛮横,譬如一套房市价十万,他们只给五千,甚至一分钱不给,弄一张假合同,逼着原业主签字画押,那房子就成他的了。(参见《至正直集》卷二)这样做跟鬼子进村没啥区别,很容易激起民愤,所以忽必烈干脆禁止他们买房。

想卖房先送礼

众所周知,农民在自家宅基上盖的房子,不管有多结实,不管离城市有多近,也不管市场上的购房需求有多大,都只能用于自住或者出租。想出售也可以,只许卖给同村,不许卖给外人,而同村的村民都有房子,谁还来买你的啊?所以农民对于自己的房子,只有居住权,没有处分权,其产权残缺不全如维纳斯。

不过我们得知足,因为在过去,不仅农民的产权是维纳斯,市民的也是。换言之,连市民也不能随随便便地卖掉自家的房子。

以元朝为例,市民在卖房之前,必须买张大纸,写上想卖哪所房子,以及想卖的价钱,然后依次交给族人和四邻来审阅。如果他们不愿购买,就会在纸上签名;如果他们愿意购买,就得写上愿出的价钱。这样从族里老太爷一直到隔壁王大妈,每家每户都出了价或者签了名之后,你才有权卖掉那套房子。

当时还有一些术语。那张纸叫"问账",族人、四邻在上面签名叫"画字",在上面报价叫"批价"。用这些术语做总结,就是元朝一条法律:"凡典卖房舍,须立问账,先问房亲,次及四邻,不愿者画字,愿者批价。"(《元典章》卷十九)这样折

腾你,当然是不想让你随便卖房的意思。

现在不让农民随便卖房,是为了维护国家利益,过去不让市民随便卖房,是为了维护宗族利益——您知道,过去的宗族势力是非常强大的,你的房子表面上归你所有,实际上连你本人和你的房子在内,都是宗族的一部分,你的每一个族人都有帮你做决定的权利,也都有优先买你房子的权利。

每一条法律出台之后,都能限制一些人,也总会有一些人找到它的漏洞。元朝那条法律的漏洞在于,它没有为画字批价设定期限,这就给了族人和四邻一个钻空子的机会。比方说,您最近缺钱,想卖房子,按照法律程序,您立了一份问账,问账上写的价钱是四十万,而隔壁王大妈想花三十万买您那套房子,您当然不卖,王大妈就采用拖的办法,她老人家既不画字,也不批价,让您干着急。这时候您只有这么几条路可走了:

一、忍痛割爱,吃个哑巴亏,把房子三十万卖给王大妈;

二、置些礼物,晚上给王大妈送过去,请她尽快画字或批价;

三、抓起杀猪刀直奔王家,用武力解决问题。

第一条路太吃亏,第三条路太危险,十有八九,您会走第二条路,拎上脑白金去求王大妈,低三下四对她说:大妈您就高抬贵手,受累把问账签了吧。

帝国的契税

西晋亡国，东晋建立，小朝廷盘踞在长江以南，跟胡人打起了持久战。打仗要花钱，而东晋刚刚站稳脚跟，钱根本不够用，怎么办呢？无非是多收税。以前买个丫鬟、卖头牲口、买块地皮、卖套房子，都不用交税，现在得为国家做点儿贡献了，花一百，交四块，花一万，交四百，号称"散估"。这个税今天也有，不过不叫"散估"了，叫"契税"。

东晋"散估"跟今天的契税相比，征收对象有些不一样："散估"既针对不动产，也针对大项动产，今天的契税则只针对不动产。纳税人也不一样："散估"是买主摊一份，卖主摊三份，今天的契税则要求买主单独缴纳。除此之外，它们没有任何区别，譬如都是以财产价格作为计税依据，都是按比例税率征收。所以在经济史界，东晋"散估"被视为中国第一个有据可查的契税。换言之，它是契税的老祖宗。

继东晋"散估"以后，几乎所有王朝都有契税。一般来说，每设立一个新税，政府都要给一说法，帝王们关于契税的说法是这样的："以人竞商贩，不为田业，故使均输，欲为惩劝。"（《隋书》卷二十四《食货》）意思是说，如果人们都去经商，

会动摇国本,所以要征收契税,以引导那些商人回到农业上去。这理由很不靠谱。唐朝初年,魏徵他们编写历史,才大胆说出了契税的实质:"其实利在剥削也。"(同上)当时"剥削"这个词儿并无贬义,它跟"增加财政收入"是一个意思。

东晋"散估"的税率是百分之四,隋唐契税的税率是百分之五,宋朝按百分之四,元、明、清三朝则以百分之三为主。不过这样说很不严谨。我还记得我读大二那年去房产公司打工,当时契税是按百分之二,到我毕业那年,税率已经涨到了百分之四,现在再买房,税率又降到百分之一点五了。这才几年的工夫,税率就上蹿下跳好几回,一个朝代少则几十年,多则几百年,其税率更加不可能一成不变。

以宋朝为例。北宋建立初年,契税按百分之二征收,到宋朝中叶翻了一番,变成百分之四,后来跟金国开仗,钱又不够花了,增加到百分之六。南宋更厉害,宋孝宗在位时,"人户合纳牙契税钱,每交易一十贯,纳正税钱一贯"(《宋会要辑稿·食货》六十一之六十七)。花十贯交一贯,说明税率涨到了百分之十。有必要说明的是,这百分之十还只是"正税",如果您想在南宋合法地买一套房,要交的税费绝对不止这些。据南宋初年官员洪迈说:"官所取过多,并郡邑导行之费,盖百分用其十五六。"(《容斋续笔》卷一《田宅契券取直》)可见税款大概相当于购房款的百分之十五。

魏徵画像,出自明治时期日本刊印的《绘本西游记》。

利玛窦缴契税

按征收环节,不动产税可以分为不动产取得税、不动产保有税和不动产增值税。比方说,您花一千万买套别墅,过户之时,要缴契税四十万,这四十万元就属于不动产取得税。再然后,您住烦了,要把房子卖掉,这时房管局的同志告诉您,商品房居住没超几年就转手,要缴部分营业税,于是您不得不再掏出几十万,作为不动产增值税贡献出去。至于不动产保有环节,目前我们有房产税、城镇土地使用税和城市房地产税三个税种,但它们统统不针对自用房产,换言之,在物业税全面开征之前,您的不动产保有税可能为零。

从这个简单的例子里,您能够看出咱们这儿不动产税的基本特征:保有税偏轻,流转税偏重。这和国际惯例刚好相反。据说中国人偏爱稳定,对流转环节多征税,对保有环节少征税,可以抑制交易。我倒觉得,这里面可能也有历史的惯性。

举个例子:大约四百年前,意大利传教士利玛窦,在北京宣武门内买下一套房,然后搬了进去,他一门心思只盘算怎么扩建,怎么装修,怎么在正房之上竖起一座漂漂亮亮的小教堂,却忘了要去衙门缴契税。这也难怪，利玛窦在意大利中部、在罗马、在葡萄牙、在印度都待过，从没听说过买房还要缴契税这回事儿。他只对房产税有心理准备，然而"在过去五年当中，从没有人向他们提过房产税"（引文出自《利玛窦中国札记》，下同），所以就认定中国没有房产税，既然没有房产税，那么什么税都没有了。幸亏有位名叫徐保禄的中国人提醒，说在中国买房必须过户，过户必须官府盖章，而官府盖章之前，必须把契税缴足了，利玛窦才急急忙忙赶到户部，请"负责这类事务的主管大臣"盖章，但为时已晚，人家让他"解释欠税的问题"，"还不得不为长期拖欠支付一笔可观的罚款"。

利玛窦在北京买房的时候，已经是万历三十三年（1605），当时契税税率是百分之二。也就是说，如果房屋交易价格是一千两银子，买方就要缴二十两的税。此外还有工本费，也是盖章之前缴纳，约四十文铜钱。如果利玛窦不想惹麻烦，他就应该在签下购房合同之后，拿着合同去当地县衙（《利玛窦中国札记》写的是户部，可能有误）缴上契税和工本费，让人填张批文，盖上大印，粘在合同上，这才叫程序正当，交易合法。如果买了房，搬了家，还拖着不缴税不盖章，那么不仅交易无效，还会受到一些处罚。

至于怎么处罚，《大明律》是这么写的："凡典买田宅不税契者，笞五十，仍追田宅价钱一半入官。"也就是先打你五十板子，再把房款的一半充公。利玛窦只被要求支付一笔滞纳金，对他算是很客气啦！

千年物业税

唐德宗即位的时候,大唐已经雄风不再了,安史之乱虽然平定,藩镇割据依旧坚挺,为了削夺藩镇的权力,唐德宗对不听话的节度使连年用兵,使得国库里本来就不多的那点儿积蓄,渐渐地消耗殆尽。

那时候的帝国还没有学会发行国债,国与国之间也没有拆借的先例,更没法去找世界银行贷款。国家财政没钱了,只有三条路好走:要么提高税率,要么开征新税,要么既提高税率又开征新税。唐德宗选的是第二条路,在公元783年农历六月,他向长安城内拥有房产的全部市民征收了物业税。

确切地说,当时还不叫物业税,而叫"间架税",是按房屋的等级和间数计征:上等房子,每年每间两千文;中等房子,每年每间一千文;下等房子,每年每间五百文。房子越多,税负越高,有那四世同堂的大家庭,三进院,千间房,一次就要缴税上百万。于是很多人不自觉,本来有十间房,谎称是三间,妄图逃税。德宗有办法,他让四邻举报,查出谁家少报一间,"杖六十,告者赏钱五十贯,取于其家"(《旧唐书》卷五十三),连揍带罚款,把一大批业主搞到了家破人亡。就在这年深秋,五万军兵哗变长安，要把唐德宗赶下台，他们的宣传口号就是"不税汝间架"（《旧唐书》卷一百二十七），意思是说，等到他们上台执政，就不会再让大伙缴间架税了，可见间架税是多么不受欢迎。

迫于舆论压力，唐德宗在784年废除了间架税，使得中国第一项正规的物业税仅仅活跃了半年就夭折了。不过唐德宗的意图已经达到：半年内增收的间架税充实了国库，够给御林军发几年饷了。

紧接着就是五代十国，这是个短暂而动乱的军阀混战时代，为了充实自己的财力，梁唐晋汉周每一代帝王都征收过物业税。鉴于间架税惹过麻烦，后晋少祖石重贵和后周世宗柴荣不约而同地把间架税更名为"屋税"。北宋建立初年，大将潘美攻打南汉，为筹措军饷，曾命令占领区居民"计屋每间输绢三尺"（《续资治通鉴》卷二十二），算是用物业税实现了以战养战。南宋先后与金、元对峙，国家财政长期处于紧张状态，为筹军饷，每年两次向城乡居民征收屋税（参见李纲：《建炎时政记》）。到了元代，屋税、间架税没了，却要纳"产钱"，一般按地基，每弓步计征稻米若干，或者折成钱缴纳。明清两朝，物业税不是常设税种，但是一如前面各代，只要逢上国库空虚，则或者间架，或者屋税，或者地基钱，或者产钱，很快就会红火起来。如1630年，为平定陕西民变，崇祯开征了间架税；1676年，康熙为平定三藩之乱，也征收了间架税。

从唐德宗到康熙，历代帝王征收的这些间架税、屋税、地基钱、产钱，以及民国时期的"房捐"，不管怎么个叫法，都是不

折不扣的物业税。但是您必须知道，这些物业税和现在国际上流行的物业税是有所不同的，因为它们不是为了改善公共服务，而是单纯地为了敛财。

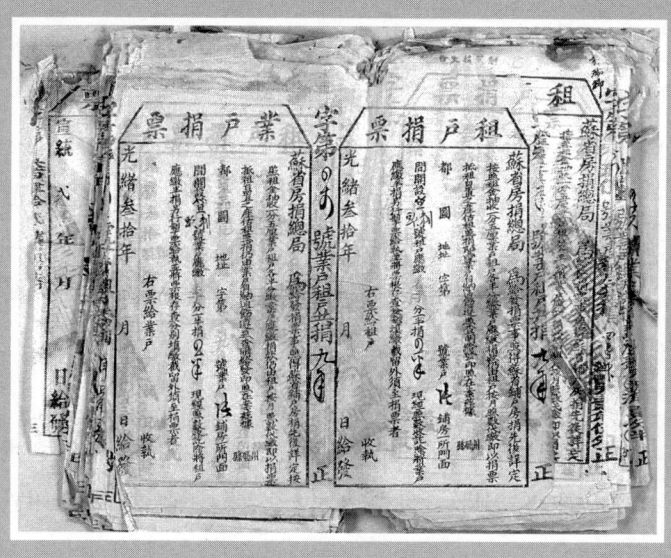

‖ 光绪三十年的房捐收据,现藏日本京都大学图书馆。

雍正版售房合同

看过房子,交过大定,是签合同的时候了。售楼小姐递给一份合同样本,打开看,怎么计价,怎么付款,怎么交房,怎么过户,发生矛盾了怎么处理,一方违约了怎么赔偿,整得规范极了,也详细极了。只可惜,都是铅字,只能一页一页地学习和欣赏,欣赏完了,要么签,要么不签,而没有改动任何一项条款的权利。

如您所知,这叫格式合同。

格式合同有格式合同的好处:首先,不用再跟开发商讨价还价,省了不少事;其次,这种合同大多经过了监管部门的审查,条款完整且合法,有时候甚至比咱自己起草的合同更能保护咱的权利。当然也有坏处,譬如开发商很容易打擦边球,在里面预设一些霸王条款。

在《商品房销售管理办法》出台之前,开发商预设霸王条款的现象是普遍存在的,不过现在他们似乎没有了这种机会,因为售房合同不再由开发商自己设定,而是交给各地的房管局统一印制,譬如北京现在通行的合同就是北京国土资源与房屋管理局统一印制的。

官方统一印制售房合同，倒也不是今天的创意，早在雍正五年（1727）到乾隆元年（1736）这段时间，北京地区就已经广泛使用官方印制的售房合同了。譬如这份合同样本：

立卖契人_____，今将户下基地_____亩_____分_____厘_____步，坐落_____，房肆_____间，东至_____，南至_____西至_____，北至_____，出卖于_____为业，当日受价_____两_____钱_____分_____厘。此前并无重复典卖、亲邻争执等情弊，若有一切不明事项，尽是卖主承担，不及买主之事。欲后有凭，立此存照。

上述合同由顺天府制定，在雍正年间的北京强制推广，当时每个买房或者卖房的朋友都必须使用它，否则"照匿税律治罪"（《清会典事例·刑部·户律课程》）。其实不用等强制推广，买房的朋友就会喜欢上这份合同。不可否认，它是简单了些，可您瞧里面这一条："若有一切不明事项，尽是卖主承担，不及买主之事。"最大限度地保障了购房者的利益。

最牛是房牙

以前《中国房地产报》曾经登一猛文，题名《北京房地产经纪人从业现状调查》，文中说房产经纪人在元代就有了，当时叫房牙，现在叫房虫，有一千多年的历史。说这话的朋友可能是觉得，反正房牙都成了死鬼，随便怎么胡扯都不会有人跳出来投诉，所以胡扯的风险等于零。遗憾的是，我们这帮活鬼还认识几个字，还有机会对这种信口雌黄予以驳斥。

第一，房产经纪人确实在元代就有，但要说它只有一千多年的历史，那也太瞧不起这一行的能量了。事实上，唐代典章里就有"官房牙行"，宋人诗话里就有"庄宅牙人"，指的都是房产经纪人；如果再细心一点儿，还能在西汉的墓砖和东晋的铁券上发现房产经纪人的身影，尽管那时候还不叫房牙，更不叫房虫。所以我们有理由大胆推定，刚有房屋交易的时候，房产经纪人就光荣诞生了，而它诞生的年代，至少是西汉，也就是说，距今至少两千年。

第二，房虫跟房牙不是一回事儿。房虫只配找找房、跑跑腿、牵牵线、拿个提成，讲好听一些，不过是房产中介；而房牙远远超出了房虫那点儿能量范围，它兼有中介、评估和登记代理三大功能。更重要的是，他还要监督交易双方照章纳税，属于半个公家人。以清代为例,顺治十六年(1659)顺天府规定:"税例每两以三分为准,一示房牙知悉,如不勒令投税,定行重责枷示。"意思就是说,房产交易要按百分之三的税率上缴契税,而房牙负有催缴的责任。

要是给唐、宋、元、明、清以来的房牙定个身份,它就相当于现在的房产经纪人、房产评估师、不动产登记代理人和税务稽查员这四种职业的混合体。说它是房地产经纪人,是因为它要找房源、当说合、促成交易;说它是房地产评估师,是因为现存大量房契中标明的房价都是房牙和买卖双方共同议定的;说它是登记代理人,是因为交易双方往往签完房契就了事,而去衙门上税、盖章、备案、取回执,多是房牙代办;说它是税务稽查员,如前所述,清政府曾委托房牙催缴税款。

让房牙催缴税款似乎是清政府的偏好。雍正年间,顺天府发给房牙"循环簿",也就是编了号的会计报表,让房牙在交易后填表上报,作为官方收税的凭据之一。作为回报,清政府给房牙以税收提成,并要求所有房产交易都得让房牙参与。如嘉庆二年(1797)户部行文:"凡民间置买田房……如有私相买卖,不经该牙,希图漏税者,该牙查明禀报,以凭按例究办。"这样做,政府有税源,房牙有活干,双赢。

清朝也有房虫,房虫可没有房牙这么大的权力,它得自己找活儿,即使找到了活儿,也得转手给房牙来做,自己只能捡个小钱。譬如清小说《海游记》第八回,主人公管城子托人找房,受托人已经得知"徐府有围房招租",却还要"带了管城子,往托房牙寿子京"。管城子托的这位就是个房虫,跟房牙比起来,他只是孙子辈儿。

捆住房子

假设你有足够的地皮,也有足够的钱,那么从理论上讲,你想盖多少房子就能盖多少房子,想盖什么样的房子就能盖什么样的房子,因为土地的使用权是你的,钱的所有权也是你的,怎么用、怎么花都是你的事。

但有个前提:不能违背政策。

过去有种政策,把人分成三六九等,也把房子分成三六九等,你是几等人就只能盖几等的房子。等级高的,可以歇山重檐;等级低的,只许硬山单檐。等级高的,可以红墙黄瓦;等级低的,只许粉墙黛瓦。等级高的,可以面阔九间;等级低的,只许面阔三间。

这种政策是为了维护等级秩序而设的,你破坏了它,就破坏了等级秩序。

现在也有种政策,想管住所有的开发商,让他们努力去盖小房子,不要只盯大房子,每个新建小区内九十平方米以下的住宅都不能低于百分之七十。这叫"90/70政策",想必已经是众所周知的了。

这种政策是为了维护公共利益而设的,你破坏了它,就破坏了公共利益。

为了等级秩序也好,为了公共利益也罢,对掏钱盖房子的人来讲,两种政策都是一种束缚,束缚着他虚胖的钱袋,也束缚着他膨胀的房子,许他这么样,不许他那么样。

两种政策也都有空子可钻。

不是让我面阔三间吗?OK,我就按三间盖,每一间都用丈八的梁,丈五的檩子,一间顶两间,明着面阔三间,实则面阔五间。

不是让我90/70吗?行啊,塔式楼,一梯四户,全按小户型,中间随时可以打通,明着九十平方米,实则还是一百八十平方米。

我读书不多,对隋唐以前基本模糊,隋唐以后还多少了解一些。据我所知,隋唐以后的中国史同时也是一部捆房子史,每一个朝代都在捆房子,但没有哪个朝代是捆得成功的。

唐朝老百姓,每家每户都不能盖楼,每家每户的房子都不能超过三间。(参见《新唐书》)

宋朝老百姓,盖房可以用三架梁,可以用四架梁,最多不许超过五架梁,可以盖门楼,但不能超过一间。(参见《宋史》卷一百五十四)

明朝老百姓,盖房最多三间五架,不准用斗拱,不准用彩饰。(参见《明会要》卷六十二)

清朝老百姓,盖房同样不能超过三间五架,不准用斗拱,不准用彩饰。(参见《大清律例》卷五十七)

这里需要解释一下,什么叫"三架梁""四架梁",什么叫"三间五架"。

如您所知,咱们过去盖房不用钢筋水泥,一般是木柱承重(中西部多用砖墙、土墙或石墙做承重,但在中国建筑史上似乎不占主流,很少有人去讲),柱子立在地上,每四根柱子围合的部分叫一间,柱子上面横梁,梁上架檩,檩上托椽,椽上钉栈,栈上铺瓦,共同构成一屋顶。其中梁上架三根檩的就是"三架梁",架四根檩的就是"四架梁",架五根檩的就是"五架梁"。所谓"三间五架",就是指房子盖了三间,每间梁上架有五根椽。

如果您在纸上画个草图,把梁、柱和檩的结构关系画出来,您就会发现,同样盖一间房,梁上架的檩数越多,需要的梁就越长,托起的屋顶就越高,房子也就越大。譬如三间四架的房子,每根梁四米,每根檩三米,每间也就是十二个平方米。如果盖成三间五架,每根梁就要有四米二,每根檩就要有三米五,每间将近十五个平方米。如果盖的是三间七架,每间就会有二十平方米乃至三十平方米。倘若纵向再多立几根柱子,把进深增大三倍,房子会更宏伟,每间面积会更大。

如前所述,唐朝为庶民规定的上限是三间,宋、明、清三朝为庶民规定的上限是三间五架,鉴于唐朝规定得不够细,而且唐朝住宅喜欢用巨柱长梁,大开间大进深居多,我们无法估计那三间上限究竟有多少平方米,而宋、明、清三朝则很容易估算,面阔三间,每间五架,单间应该不会超过二十平方米,三间加起来至多六十个平方米,倒挺符合我们的"90/70政策",粗略一些,也可以算作小户型了。

但那些规定本身就有歧义。

以清朝为例,当时为了落实住宅制度,专门制定了法律条文

（《大清律例》卷五十七，礼律·仪制，服舍违式。下面凡未注明出处的均同此）：

> 职官一品、二品，厅房七间九架，屋脊许用花样兽吻，梁栋、斗拱、檐桷彩色绘饰，正门三间五架，门用绿油、兽面、铜环；三品至五品，厅房五间七架，许用兽吻，梁栋、斗拱、檐桷青碧绘饰，正门三间三架，门用黑油、兽面、摆锡环；六品至九品，厅房三间七架，梁栋止用土刷饰，正门一间三架，门用黑油、铁环；庶民所居堂舍，不过三间五架，不用斗拱、彩色雕饰。

官员住宅，正房几间几架，过厅几间几架，门楼几间几架，讲得都很明白，一说到平民，却只有笼统一句："所居堂舍不过三间五架。"是指所有房子加起来不能超过三间五架，还是仅指正房呢？让人费解。如果我是开发商，那么我会趋向于后一种理解：只要正房不突破三间五架就行了，两边的耳房可以加长，厢房可以加长，南房可以加长，过厅可以加长，门楼可以加长，盖成一超豪华住宅，比三品官五品官的还豪华。我猜政策制定者是趋向于前一种理解的，但只要我有钱，我就可以请来一帮有发言权的人，按我的理解来解释既定的政策，同样我也可以让地方官按照我的解释执行政策，而不是按照政策制定者的解释执行政策。

这样一来，政策就被念歪了。

即便那段法律没有歧义，即便地方官不把政策念歪，也未必拴得住盖房的人。官员住宅制度是没有歧义的吧，照样有人钻空

子。和珅是一品官，该盖七间九架的过厅、七间九架的正房、三间五架的门楼，他敢盖成王府的式样，过厅、正房和门楼加起来上万间。按照大清法律，这叫"违式僭用"，是要被严厉惩罚的，如果本来是官员，那么好，"罢职不叙"，还要"杖一百"。可人家和珅就是盖了，还什么事儿也没有。野史上说，和珅听说上面来查，赶紧让人给拆了（参见《啸亭杂录》卷四），才保住了官帽和屁股。我猜和珅不会这样笨，他肯定有更好的方法。

和珅之前还有个官员叫傅恒，也盖了一大片房子，不仅数量上超标，还用了檀木做大梁，而朝廷严禁用檀木大梁。这位傅恒是怎么保住自己没事儿的呢？他把盖好的房子转移到了寺庙名下（参见《天咫偶闻》卷三），因为寺庙建筑不受那些限制。

其实傅恒这招儿仍然太笨：转移到寺庙名下，再住也不方便不是？最好的法子，多开几道门，多加几道墙，把上万间的房子隔成百八十个小院，院与院之间彼此打通，每个院来一个独立登记，这样每个院都不超标。事实上，在傅恒、和珅之后，清朝那帮爷就是这么干的，三品官也好，五品官也罢，每家小院三四处，就像现在开发商把一套一百八十平方米的小复式登记成两套小户型那样。

我觉得吧，这楼市就像一胖哥们儿，你捆他肚子，他两肋鼓出来了；你捆他两肋，他肚子鼓出来了；你捆他肚子和两肋，他的皮下脂肪全鼓出来了。哪里有空子，哪里就会冒出一嘟噜肉。除非你把他捆成木乃伊，那样的话，他离死也就不远了，可你本意并不是让他死的。

丢了合同，没了权证

康熙初年，北京崇文、正阳、宣武三门外，共有六十三家颜料行，这些颜料行为了便于存货、聚会和订立行规，共同出资，在前门外买地建房，立起一座会馆。

康熙十七年（1678），该会馆因无人看管，发生火灾，除房屋被烧毁，还烧掉了买地时跟人签的地契。

乾隆六年（1741），各颜料行再次出资，重修会馆，并吸取教训，雇请专人看管。被雇人姓鲁，是会馆附近一寺庙的道人（即杂役、庙祝之类，不同于"道士"）。

道光十六年（1836），鲁道人病故，会馆看管人之缺由另一道人蔡某替补。鲁道人老实可靠，蔡道人却奸诈贪婪，他打听到会馆地契已被大火烧毁，竟将会馆土地、客房、戏台、罩棚和房中家具据为己有。颜料行老板们当然不干，一纸诉状把蔡道人告到大兴县衙（当时北京城分属大兴、宛平两县），哪知县官得到蔡道人的贿赂，判颜料行为诬告。后来颜料行上诉到都察院，才告倒了蔡道人，使会馆得以物归原主。

颜料行老板们打赢了官司，都很高兴，请来戏班子唱大戏，

还立了一座碑,把上述事件刻在碑上,以资纪念。碑上写道:"幸蒙察院大人明镜发悬,照破肝胆。"(《前门外颜料行会馆碑记》,转引自《明清以来北京工商会馆碑刻选编》,文物出版社1980年版)意思是说幸好遇到了一位清官,要不然怎么能打赢官司呢?我猜这句话大概隐瞒了一些不好意思明说的事情,譬如颜料行很可能送了重礼,那位"察院大人"才"明镜发悬"了一回。换言之,颜料行之所以能打赢这场官司,恐怕不是因为一个"理"字,而是因为一个"钱"字——论行贿,商铺老板们当然比一个寺庙杂役有实力多了。

为了便于分析,咱们且假定蔡道人没有向县官行贿,颜料行也没有向都察院行贿,而且县官和都察院官员都能做到"明镜发悬",那么颜料行打赢这场官司的概率有多大呢?我觉得,恐怕官府根本不予立案,因为原、被告都没有足够的证据来证明会馆的产权属于自己。

有清一代,不存在房产证和土地证,真正合法的产权证明只有三种:兄弟分家的阄书、房地买卖的契约,还有县级政府存放的过户记录(包括登记契税的循环簿、登记户产的账册和契尾的存根)。颜料行买地兴建会馆,只会有地契,不会有阄书,而地契又已被烧掉,则只剩下唯一的证据:过户记录。但当时县衙存放的过户记录只用来统计赋税,而不像今天房管局内存放的权属证明那样可以被公开查询,所以在审计完成之后,县衙极可能将循环簿和契尾存根成批毁弃。这么一来,颜料行就没有了任何书面证据来证明它们拥有会馆的产权。

鉴于此，颜料行赢了官司之后，赶紧"将会馆房数地界，开写清单，复照例再于大兴县过契，封藏值年处公笥中，作为轮流交代之物"（同上），再也不敢大意了。

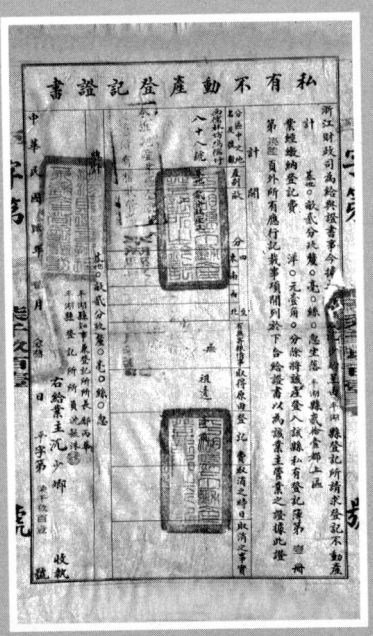

‖ 民国初年的不动产登记证，浙江衢州市民张亚东先生供图。

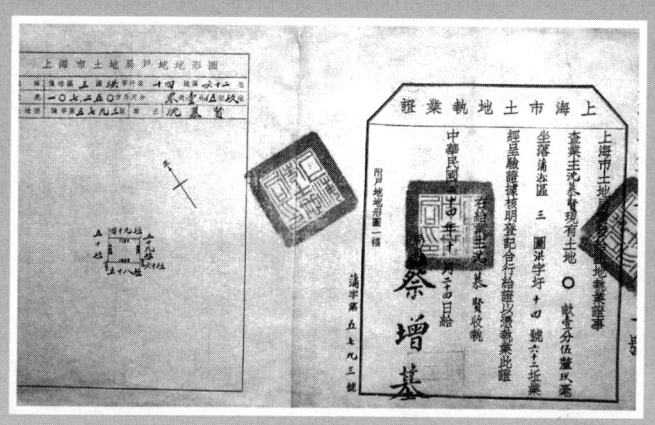

‖ 民国时期的土地证,浙江衢州市民张亚东先生供图。

宋朝的售房合同

北宋初年,民间买卖房屋,一般都立合同,但没有统一格式。譬如张三卖房给李四,可能只开一张收条:"今收到李四买房款五千贯。"也可能复杂一些,写明卖方是谁,买方是谁,房子多大,售价几何,是不是绝卖,有没有公摊,一方违约了怎么办,等等。

众所周知,一份规范的售房合同,必须写有房子的位置、面积、四至和总价,以及买方什么时候付款,卖方什么时候交房,双方什么时候过户,过户时的相关税费由谁出,如果以后因为公摊和相邻权发生纠纷,又该由谁来负责。不管对于买方还是对于卖方,这些内容都很关键,都不可或缺。

但是在北宋初年,售房合同上老是丢东少西,要么没写四至,要么没写公摊,要么忘了让公证人署名,以致交房之后,纠纷不断,给买卖双方带来不少麻烦。

太平兴国八年(983),知开封府司录参军事赵孚向朝廷提出建议,说过去签售房合同,都是老百姓自己弄的,有的内容残缺不全,有的预设霸王条款,还有的更可恶,欺负买家不识字,居然拿旧契来蒙事,这样对公对私都不好,不如由政府出面,搞一

份标准合同出来,好让老百姓有个参照。(参见(《续资治通鉴长编》卷二十四《太平兴国八年三月乙酉》)

"司录参军"是北宋前期的官职,级别比知府稍低,主抓户籍和治安,类似现在的公安局局长。这位赵局长官职不高,提的建议倒挺对路,很快就被宋太宗接受了,宋太宗果真让人搞了一份标准合同,然后诏告天下,号召大伙以后再签合同的时候,一定要按着这份标准合同的格式来。

余生也晚,没赶上北宋一朝,所以讲不出这份标准合同究竟长什么样子,不过有一点我敢肯定:这份标准合同并没让房屋买卖标准起来。因为在该合同公布一百年之后,宋神宗又发布一道诏令,要求所有售房合同必须由政府统一印制,任何人都不得再使用私契,不然就属于非法,不能过户,就得不到确权。(参见《庆元条法事类》卷三十六《商税·场务令》)假使那份标准合同已经起到了应有的作用,宋神宗也不必再麻烦一回不是?

宋神宗的诏令颁布以后,人们再买卖房屋,就得到县衙买张"定帖",也就是合同的草本,先试着填一遍,交给有关人员审查,若无误,再买几张"正契",也就是正式的合同,然后再把定帖上的内容誊写到正契上。正契一般四张,交完税,盖完章,一张给买方,一张给卖方,一张交给商税院,一张留县衙备案。

事实证明,这套办法确实让房产交易变得规范多了,北宋末年,河南、河北和山东等地的行政长官到中央述职,还说"元丰条例,委经久于民有利"(《续资治通鉴长编拾补》卷十三《绍圣三年二月丙寅》)。"元丰"是宋神宗的年号,这帮地方官是夸神宗的办法不错,对老百姓有好处。

也有不好的地方：买定帖和正契都要花钱。定帖一般五文一张，正契不知道多少钱一张，但肯定不会比定帖便宜，另外每买一次定帖，都要多交一次印花税，税率是房款的千分之三到千分之五。（参见《宋会要辑稿》食货六十一之六十二至六十三）

在万历年间买房过户

现在买房,缴契税要去地税局,过户要去房管局,税费征收和权证管理是分开的。

在万历年间买房,缴契税要去县衙,过户要去五城兵马司,税费征收和权证管理也是分开的。

税费征收和权证管理之所以分开,是为了减少税收流失——如果让房管局既发证,又收税,一揽子包办,那么这个部门就可以多收红包少收税,把办证的条件设定为好处费而不是纳税凭证,最后穷了财政,富了机关,一个部门的成员都将吃成胖子。契税一直是财税部门直接征收,房管局只能办证,以及收一些少量的工本费。据国家税务总局发文,现在征收机关掌握了税源,契税管理得以强化,契税收入正在持续快速地增长着。可见把税费征收和权证管理分开的决策是对的。

然而在万历年间,税费征收和权证管理虽然分开了,契税仍然继续流失,而且流失得越来越厉害。

原因有二:

首先,总有一部分购房者不去过户。彼时税率最低百分之十一点五,最高百分之三,买一百万的房子,过户前至少要缴

一万五千元的契税,如果不过户,那一万五千元就省了。例如万历十七年(1589)十月,北京宛平居民邵盘花七百七十六两买了一套房,到第二年五月,又花六百三十五两买下另一套房,按当时税率,合计要缴契税二十一两。邵盘犹豫不决,依法纳税肉疼,不纳税又过不了户。一哥们儿劝他:"税契事打甚紧!税他何用?留些税钱,咱们买酒吃。"于是邵盘就没缴税,当然也没去过户。像邵盘这样的,万历年间俯拾皆是。

当然,买房不过户是违法的,要打五十下板子,还要把房款的一半充公。可是只要您自个儿不说,谁又知道您买房没过户呢?明朝中后期,政府每隔十年才检查一次过户记录,您不声不响买套房,离挨板子远着呢。

其次,五城兵马司的工作人员不太负责。如前所述,县衙负责征税,五城兵马司负责过户,照规矩,这个五城兵马司必须拿到县衙签发的纳税凭证,才能办理过户手续。但实际操作的时候,好多人拿着自己套印的假凭证去过户,也能顺利通过。这说明办事员不细心,也说明那时候信息技术太落后——假如五城兵马司和县衙联网,每个申请过户的购房者是否纳税在网上都有公布,相信没人敢玩假凭证。

分割避税

明朝人买房,要缴契税,每银一两,税契三分,百分之三的税率。如果不缴,被人告发,重打五十,外加罚款,罚款金额是房款的一半。关于这一点,《大明律》有规定,《明史》有记载。

然而税率这东西是会变的,我还记得我读大二那年,去一家名叫"姿华"的房产公司打零工,很幸运地发现,买不同的楼盘,适用不同的税率:经济适用房按百分之二缴契税,商品房按百分之一缴契税,如果是两年内没有卖掉的烂尾楼,不用缴契税。可见同一城市的楼盘,其税率也不一样,至于不同的城市,不同的年份,不同的交易性质,那税率更加千变万化。明朝延续近三百年,肯定不可能一直让购房者按百分之三的税率缴契税。我看过嘉靖四十一年(1562)户部印发的《攒造黄册事例》,要求购房者"印刷契尾,每银仍旧纳银二分",说明在嘉靖四十一年前后,契税税率曾经降到百分之二。

还有不让缴契税的时候。万历年间,北京宛平有位知县叫沈榜,他写过一本《宛署杂记》,该书第十二卷记载:"如典买房税,虽明载律令,莫掌行者。"沈榜是万历十八年(1590)做的宛平知县,他回顾的却是万历五年(1577)以前的旧事,也许万

历五年以前,至少在北京宛平一县,大伙买房是无须缴契税的。

万历十一年,顺天府府尹张国彦提议,但凡北京辖区居民买房,房价在二十两以下,不用缴契税;超过二十两,仍然按百分之三的税率缴纳。他的理由是,能够买得起二十两以上房子的人,肯定是富人,富人应该为国家做点儿贡献;买不起二十两房子的人,应该属于穷人,穷人就不用掏腰包了。这个提议报到皇帝那里,皇帝批复道:近两年国内形势大好,国民收入倍增,买二十两以上房子的只能算工薪阶层,买四十两以上房子的才算富人,为了照顾广大低收入者,可以把起征点调高,同时把税率调低,买四十两以上的房子,一律按百分之一点五缴纳契税,买四十两以下的房子,一分钱也不用缴。

万历皇帝调高契税起征点,初衷当然是好的,可是自打这个政策实施以后,朝廷就再也收不到多少契税了——绝大多数购房者采取了避税措施,譬如买一套二千两银子的房,该缴三十两银子的契税,那买房的就分六次过户,每次登记一间,哪一间都不超过四十两。用沈榜《宛署杂记》里的话说,叫作"价多而分为数契,减之使少"。

灾后葺屋银

康熙十八年（1679）七月，北京地震，朝廷做赈灾预算，其中一项开支叫"灾后葺屋银"。顾名思义，就是发给塌了房的受灾群众、帮他们重建家园的专项救灾款。

户部和工部的计划，先搞一个摸底调查，弄清楚倒塌的房屋有多少，然后按间数给群众发钱。如果是旗人的房子倒塌，每间补助四两；别的老百姓房子倒塌，每间补助二两。康熙嫌少，说京师物价昂贵，买块砖都得十文钱，一间房最多只补四两银子，未必够用，不如从宫廷预算里挤出来十万两，再添上原来的财政预算，每间补他个七两八两的，大概就差不多了（参见《康熙实录》卷七十九）。

康熙三十四年四月，山西平阳地震，朝廷派人去赈灾，"有力不能修房之民，每户给银一两"。（《康熙实录》卷一百六十六）跟十七年前北京那场地震的赈灾标准比起来，这回朝廷表现得小气多了。首先，补助得太少，每间房只给一两银子；其次，补助的范围太窄，只针对"有力不能修房之民"，不像十七年前的北京，不管您有钱没钱，只要塌了房子，就能从政府手里领到补助。究其原因，大概是因为这回受灾的不是首都，

灾民中也没有旗人吧。

雍正八年（1730）八月，北京再次地震，朝廷再次发放"灾后葺屋银"，这回不考虑普通老百姓，专门补助旗人和官员。当时京师满洲八旗，每旗补助六万两，不管房子塌没塌，只管按人均分。至于官员，上至六部尚书，下至顺天府杂役，每人可以多领一个月的工资。（参见《雍正实录》卷九十七）

由此可见，清政府是个很变态的政府，在这样的政府统治下，大伙非但在法律面前不平等，在灾难面前也不平等——至少旗人和汉人之间不平等，"公务员"和群众之间也不平等。

也有平等的时候。乾隆十八年（1753），朝廷向云南剑川拨付"灾后葺屋银"，凡是房子受损的，每户一两，不分官民。（参见《乾隆实录》卷四百三十五）

只是那救灾款到得也太晚了些——云南剑川是乾隆十六年（1751）受的灾，两年后朝廷把钱打过去的时候，坚持活下来的受灾群众早把房子"葺"好了。

星级衙门

朱元璋做皇帝的第一年,就给地方官立了规矩:

一、各府、各州、各县的第一把手及其副职,必须在衙门起居,除丧葬和公事外,不得外出,不得回家居住,不得租赁民房,不得在当地买房。

二、各府各州各县的衙门都要按一定规格建造,前面是办公场所,后面是宿舍,宿舍正房不能超过三间,厢房不能超过六间。占地面积依级别而定,县衙不能超过州衙,州衙不能超过府衙,府衙不能超过三千七百五十个平方丈。

三、各府各州各县的第一把手住在正房。他们的副职住在厢房。宿舍北面和西面可以各建一间小房子,供下来视察工作的监察御史和按察分巡使临时安歇。(参见陆容:《菽园杂记》卷十三《洪武元年钦定制度》)

朱元璋立这些规矩,就像今天给"公务员"制定住房标准,科长住多大房子,处长住多大房子,多占了怎么处理,少占了怎么补贴,虽然内容各异,初衷还是一样的——都是为了解决官员的住房问题,让广大官员尤其是领导都能有个家,好安心工作,造福人民;同时也是为了避免他们贪大求洋,大拆大建,花纳税

人的钱,装自己的门面。

规矩都是好规矩,政策都是好政策,只是好规矩好政策都会迅速走形。我收藏并阅读过几十本明代方志,每一本方志都会提到当地衙门的大小和样式,其中没几个衙门是按规矩盖的,它们总是会多盖几间,或者多占一些地皮,或者经常性地翻修与重建。

例如江苏长洲的县衙,洪武元年(1368)建过一回,宿舍和办公楼没放到一个大院;到洪武二年(1369)开始改建,让宿舍和办公楼见面了;正统二年(1437)继续改建,一个姓王的副县长向上级打报告,说办公楼太低,上级批复,说可以拆了重盖,于是大拆,从宿舍到外墙统统鸟枪换炮;弘治元年(1488)再次改建,一个姓邢的县长向全县商人集资,把宿舍增建到二十余间;嘉靖二年(1523)又一次改建,一个姓郭的县长拓宽了大门,修盖了门楼,立了碑,竖了亭子;嘉靖三十八年(1559),县衙失火,一个姓柳的县长借机改建办公楼,前铺广场,后辟花园,使长洲县衙美轮美奂,名列江南第一。(参见台湾学生书局影印本:《万历长洲志》卷五《县治附官署》)

地方官这么做,显然坏了规矩,是应该受到惩处的,倘若朱元璋知道,必又使出剥皮萱草的狠招儿。问题是,国家那么大,官员那么多,朱元璋不会分身法,根本管不过来,他必须委托监察御史替他监督。可是地方官白花花的银子送上去,恐怕监察御史也不好意思查办人家吧。再说他们经常出公差,地方上多盖几所星级衙门,自己住着也舒服不是?

铁打的衙门流水的官

官邸这个词儿有如下含义：

第一，它是官儿的窝。

第二，它也是官儿的家属的窝。

第三，它还是官儿的办公场所。

第四，它不专属于任何官儿。如果住在官邸里的某个官儿挂了，他和他的家人就得从官邸搬出去，让给下一个官儿住。所谓铁打的衙门流水的官，就是这个意思。

美国的白宫是官邸，里根住过，布什住过，克林顿也住过，这几位都是总统，号称美国最牛的官儿，每一位掌权的时候，都在里面会过客人，处理过文件，和老婆孩子享受过天伦之乐。一旦卸任，照样卷铺盖滚蛋。

当年的紫禁城——虽然它乳名叫"皇宫"——也是官邸，明代皇帝住过，清代皇帝也住过，每一代兴旺的时候，都曾经以为那是他们的万世基业，在里面大兴土木，充实后宫，整出来一窝又一窝小皇帝。一旦改朝换代，新业主立马成了别的皇帝。

除了白宫和紫禁城，能戴上官邸这顶帽子的建筑还真不少。比如说，咱们过去的府县衙门，就是货真价实的官邸。

唐朝时，白居易做杭州的官儿，住在郡衙，既在里面上班，也在里面做饭，休假时还请一帮朋友在里面喝酒。有诗为证："能来尽日观棋否，太守知慵放晚衙"是在郡衙上班的情景；"白醪充夜酌，红粟备晨炊"是在郡衙做饭的场景；"小盏吹醅尝冷酒，深炉敲火炙新茶"，是请朋友在郡衙喝酒的场景。白居易还有两首诗专门写郡衙里的天伦之乐。一首《官舍》："稚女弄庭果，嬉戏牵人裾。"一首《官舍闲题》："饱餐仍晏起，余暇弄龟儿。""稚女"是他的小女儿，"龟儿"是他的大侄子，可见老白把家属也带到郡衙去住了。

宋朝时，欧阳修做南京的官儿，住在府衙。他写过一首诗，描写在府衙宴客的情景："玉阶朝罢卷晨班，官舍相留一笑间。"还写过一篇文章，讲他母亲在府衙里过世的事情："又十年，修为龙图阁直学士、尚书吏部郎中，留守南京，太夫人以疾终于官舍，享年七十有二。"可见欧阳修跟白居易一样，在府衙上班兼起居，并带去了家属。

不管是唐朝还是宋朝，法律都允许且支持地方行政长官及其家属住衙门，只是有一点：一旦卸任，必须离开，不然新来的领导没房子住。

宋朝人洪迈讲过一个小故事：北宋末年，镇江市教育局局长（当时叫"镇江府教授"）李伯纪卸了职，赖着不搬，跟新来的局长在一个衙门里挤着。新局长有意见，又不敢举报他，就在夜里扮鬼，把李伯纪吓跑了。

第五篇 居住环境

蛆缸里居住

西汉最红火的时候，全国有六千万人，几场仗打下来，只剩不到三千万，经过东汉百余年繁衍生息，总算又回到六千万的水平。隋朝最红火的时候，全国有五千万人，几场仗打下去，只剩不到三千万，经过唐朝二百年繁衍生息，不仅回升到原来的水平，还飙升至一亿六千万，创了纪录。可惜这个纪录不经破，几个军阀一掐架，它又噗噗地瘪下去了，瘪到北宋初年，只剩两千七百万。

翻翻历代的户部档案，和平时期都在拼命地生，使人口慢慢地爬上去；战乱时期都在成片地死，使人口嗖嗖地滑下来。爬上滑下，循环往复。

宋朝当然也逃不掉这样的命运。如前所述，北宋初年人口只有两千多万，官方记载是四百五十七万户，到真宗景德三年（1006），就爬到了七百四十二万户的位置。此后仁宗庆历八年（1048），一千零七十二万户；神宗熙宁十年（1077），一千四百二十四万户；徽宗大观四年（1110），两千零八十八万户。然后南宋接着爬，高宗绍兴三十年（1160），一千一百五十七万户；孝宗乾道二年（1166），一千二百三十三万户；宁宗嘉定十六年（1223），一千二百六十七万户——又到顶了，元兵大炮一轰，又是骨碌碌往下滚。

单看爬上爬下其实毫无意义，问题是人在长，地不变，于是越来越挤。像徽宗大观四年，全国两千零八十八万户，按每户六人估算，就有一亿两千万人，而国土面积只有二百八十万平方公里，每平方公里四十三人，土地资源势必紧缺。

崇宁五年（1106），宋徽宗想给孩子们盖房，一看图纸，"居者栉比，无地可容"，居然找不到一块宅基。连皇帝都为地皮发愁，可见土地供应是多么紧张了。其实在宋徽宗发愁之前，苏轼就为营房用地跑细了腿，到底也没申请到，最后给当兵的发租房补贴了事。

再看南宋。南宋苏州普通民居约在十二平方丈左右，折合今天九十平方米，如果这就是标准住宅，则高宗绍兴三十年建筑面积只需十万四千平方米，宁宗嘉定十六年就增长到十一万四千平方米，有一万平方米的缺口。从哪里弥补这一缺口呢？无非是城区外扩，村庄外扩，挤占耕地甚至水面。当年陆游第一次去成都，摩诃池还在城郊，七年后再去，摩诃池就跑到了市中心，这是城区外扩的例子。陆游老家原有镜湖三百里，"近时多废""今为平陆"，这是围湖造地的例子。

土地紧张，地价就涨，北宋时有人感叹："重城之中，双阙之下，尺地寸土，与金同价。"到陆游这代，地价更要涨到天上，不知自主建房的朋友可还拿得起地？不知地方政府能从拍地中渔利几何？

树上的禅师

杭州有山,名秦望山,山有巨松,名屈枝松,松枝屈卧如雀巢,巢中住一和尚,人称"雀巢和尚"。单听名字,该和尚似乎是某咖啡品牌的代言人,其实他既不做广告,也不拍电影,更不像台湾南怀瑾老师那样到处开讲座,即使偶尔出山,讲一两回课,也从来不收劳务费。

所以我们说他淡泊名利,是得道高僧。

得道高僧自然受到大伙敬仰,许多尘世中人,上至高官,下至百姓,只要有忧烦难解之事,悲观厌世之心,都想见见雀巢和尚,以便从他那儿得到一点儿教诲或者启示。这其中就有一人,迄今大名鼎鼎,乃是翰林学士白居易先生。

那年是长庆元年(821,《五灯会元》误为"元和中"),白居易刚到杭州做太守,得了地利之便,少不了要去拜访雀巢和尚。

如前所述,雀巢和尚把家安在一棵大松树上,风一刮,被单床罩迎风飘扬,锅碗瓢盆叮当乱响,所以两人相见之后,白居易就说:"禅师住处甚危险。"雀巢和尚却说:"太守危险尤甚。"白居易很奇怪:"弟子位镇江山,何险之有?"雀巢

和尚说:"薪火相交,识性不停,得非险乎?"(《五灯会元》卷二)

"薪"是干柴,比拟官场;"火"是烈焰,比拟欲望。雀巢和尚的意思是,白居易身在官场,一心向上,官做得越大,做官的欲望越强,很快就会蒙蔽自性,比在树上危险多了。

但是雀巢和尚没有解释自己为什么住在树上。咱们能帮他找出四条原因:一、当时房价太高,雀巢买不起,只好往树上搬;二、地上住的人太多太杂,妨碍雀巢修行;三、雀巢道行高深,已然拔除种种欲望,觉得在哪儿住都无所谓;四、这家伙有病。

我比较偏爱第二条解释,也就是说,雀巢是为了修行,才搬到树上住的。

众所周知,佛家修行方式之一是坐禅,坐禅需要安静,所以禅师们不住闹市,而住山林。例如晋时有位僧光和尚,在山洞里安家,还有位昙猷和尚,在孤岩上打坐;唐时有位龙山和尚,在深山里建了三间茅屋,还有位德诚和尚,独居一舟,随波逐流,像船民那样度过一生。他们跟雀巢和尚都是一伙的。

有人曾问禅宗五祖弘忍大师:"你们和尚为啥喜欢住在那些狗都不去的地方呢?"弘忍回答:"修行就像种树,如果种在闹市区,不是被修剪就是被砍伐,只有种在深山老林,才能不受干扰,长成参天大树。"(参见净觉《楞伽师资记》)弘忍的回答算是为雀巢和尚提供了一个完美注脚。

问题仍然存在:这么苦苦修行,究竟有什么用呢?

按照佛理,修行能拔除欲望,欲望少了,所求自然就少,所求少,痛苦自然就少,所以修行能减少痛苦。可惜这个逻辑只适于高僧，不适于常人。咱们常人的逻辑就是多挣钱，住更大更好的房子，去满足舒适和显摆的欲望，而不是搬到树上，通过什么修行来消灭欲望。

外城的卫生

众所周知,清代的北京分为内城和外城,内城住皇亲国戚和旗人,外城住文武百官和汉人。另外还有个紫禁城,里面住着皇帝、皇帝他妈、皇帝他老婆,还有一大群专搞服务工作的太监和宫女。

那时候,北京人最喜欢说:俺们住在天子脚下。很自豪很牛的样子。外地人乍一听,会以为北京就是一只脚,脚丫子白胖,是内城,外面套着鞋,是外城,紫禁城则是脚上长的鸡眼。

然而紫禁城要比鸡眼美丽多了,内城也绝不是脚丫子。去过故宫的朋友都知道,那里的屋顶像金子一样黄,墙壁像玛瑙一样红,重楼飞檐,仙人骑凤,琉璃瓦闪闪发光,要多尊贵有多尊贵,要多气派有多气派。内城稍次一些,也保留了大片明代旧宅,加上翻修和新建,一座座府邸巍峨雄壮,有围廊,有门楼,有玉泉山水淙淙流过,也算得上是尊贵别墅,品质生活。

外城可就惨了,除了极个别官员和富商住得上像样的房子,别的大多是四合院、大杂院、简易房、棚户区,房小屋低,走风漏雨。住得差且不说,公共卫生还不行。本来街道两旁都有沟,沟上有石板,引进去水,可以冒充下水道,冲走生活垃圾。但这些沟大多是明朝挖的，时间一长，都堵了，水走不动，垃圾积在沟底，越积越厚，越厚越堵，暴雨一来，污水四溢，人的粪、尿在街上横冲直撞，裹挟着死猫死狗，一直冲到人家炕上。另外为了便于倾倒垃圾，那些沟每隔百十步都要敞开一个口子，即使不下雨，街上也是臭气熏天。

有朋友问了："有关部门怎么也不管管？"管当然是管的，自打康熙十四年（1675）开始，朝廷就在工部下面设置街道厅，专门负责外城的公共卫生工作。（参见《钦定大清会典则例》卷一百五十）街道厅也挺负责，每年四月搞一次大清理，把下水道的条石全部掀开，雇一帮民工挖淤泥。做这项工作要花钱，但户部和顺天府的预算里都没这项开支，所以又得集资，凡在外城居住的市民，开店的交铺捐，不开店的交户捐，统统交给街道厅支配。有了支配权，街道厅的领导同志当然要揩油，花一万报十万，一夜吃成胖子。下面的工作人员也想尽办法搞创收，每次挖沟的时候，专把垃圾堆到大商场门口，熏他个门可罗雀，让老板们主动献上厚礼。（参见《旧京琐记》卷八）更糟糕的是，街道厅雇了民工干活，却常常拖欠人家工资，民工当然撂挑子不干，就让臭沟敞着口，让垃圾堆在路中间。（参见《清稗类钞·地理类·京师道路》）像这样的半截子工程与其说是公共服务，不如说是胡折腾。

外城的市民在垃圾中挣扎，内城却不关痛痒，因为里面地势高，污水不会逆流而上，城墙也厚，挡得住冲天的臭气。还有一根本原因，内城卫生是步军统领衙门在抓，而步军统领的上司就住在内城，工作搞得好不好，上司都能瞧见，所以这是眼皮子活

儿,是政绩工程,步军统领有必要也有动力把它搞好。至于紫禁城,那不用提,皇帝这个最高领导就住里面,谁维护好了紫禁城的卫生,谁就维护好了皇帝的脸面,谁就有了被赏识被提拔的机会,不管是谁想到这一点,工作积极性都会油然而生。据此我们还能推断出来,倘若领导们把外城当成自己的脸面,那么外城的卫生工作也会提上日程。

对于这一点,我们仍然有例为证。1898年,戊戌变法开始,朝廷终于注意到了外城的卫生问题,于是下发文件,让户部出钱,工部出力,步军统领衙门和五城御史一同上阵,"大加修理,以壮观瞻"(《戊壬录》卷一《清道路》)。那一年,北京外城干净极了,漂亮极了,就像创建卫生文明城市那样。

‖ 城郊肮脏杂乱的贫民窟，Jack Birns 摄于 1948 年。

千年楼市
Qiannian Loushi

骑黄马戴口罩

大明万历年间，李小二生活在北京城里，每天骑马去上班。那时候好多人骑马上班，就像今天好多人开车上班一样，属于生活条件日益改善的标志，所以并不稀奇。让人稀奇的是，小二永远只骑一匹黄马，而且几乎所有人都骑黄马。再留心一下还能发现，包括小二在内的好多市民，每天出门必戴一副口罩，熟人见面打招呼，全是唔唔的男低音，貌似正闹非典的样子。

对于这种现象，明朝人屠隆做过解释，他说当时街上太脏，晴天起沙，雨天起泥，而不管晴天雨天，都是粪便满地。骑黄马出去，刮上去的沙土和溅上去的粪便不会太显眼，省得经常刷洗。至于出门戴口罩，甭解释，一定是用它来抵抗臭味。

明朝刚建立的时候可没有这么脏，那时候路面很宽，街道两旁挖有明沟，明沟两旁栽有槐树，槐树的后面才是居民楼和临街店铺。街道四通八达，明沟也彼此贯通，街上的雨水裹挟着人畜粪便，迅速地排入明沟，再顺着明沟流出城外。

为了让这个状态保持下去，明成祖让五城兵马司日夜巡查，严禁临街居民为扩建住房而填平明沟。明英宗怕五城兵马司玩忽职守，又派巡城御史协助和监督五城兵马司。明宪宗和明孝宗即位，分别又让工部和巡捕营参加进来。也就是说，万历年间至少有五个机关在治理违章建筑。可惜这五个机关没一个顶用的，早在成化七年（1471），原本四通八达的明沟就被日趋火爆的房地产开发填平了大半，雨水泡塌上万间房屋，无数人在那年大瘟疫中死去。然后就是李小二的时代，违法搭建更多，城市更脏，逼着小二他们骑上了黄马，戴上了口罩。

如果您向李小二打听万历年间的流行色是什么，他会毫不犹豫地告诉您，一个是黄，一个是白，再一个是灰。黄是黄马，白是口罩，而灰是黄马和口罩在浓郁的臭味中熏出来的颜色。这几样流行色掺在一起，让您要么对生活充满绝望，要么发出呼吁："我们要治理城市环境！"

李小二应该目睹了治理进程。那是万历二十五年（1592），某工部员外郎主动请命，要突击拆除所有违章建筑。该员外郎带领临时组成的突击队，搞起了试点工作：从宣武门外东响闸，到正阳门外御河桥，长达三里的违章建筑很快被拆除一空。试点刚结束，雪片一样的举报信就飞进了皇宫，纷纷检举那位员外郎的贪污受贿行为，他很快被革职拿问，关进大牢，然后畏罪自杀。当然，该员外郎不一定贪污受贿，更不一定是自杀，他是死在自己太糊涂上——那么多年、那么多机关都没治理好一个违章建筑，这里面岂能没有奥妙？

跟着房子去旅行

假设房子拥有生命,可以蹦跳,可以走路,想去哪儿就去哪儿,我猜它们会到全国各地四处走走,做些有益于身心的旅行。在旅行中它们会发现一些很有意思的事情,首先自己的身价总在变,在县城是每平方米八百,在省会是每平方米四千,在首都是每平方米一万,而在西部农村,每平方米二百块的价钱都没人愿出。这种情形就像某天王巨星开个唱,票价定到多少很大程度上取决于当地人民的收入水平。另外跟天王巨星相同的是,不管走到哪里,它们都会发现自己备受追捧,而且为它们发疯的人要比所有明星的"粉丝"加一块儿还要多。由于这个缘故,个别不够谦虚的房子就会变成妄想狂,认定自己才是万物的灵长,今后应该是房子住人,而不是人住房子……

但是幸好,至今还没有证据表明哪座房子已经离家出走。而且照我的经验估计,尽管有这么多人做了房子的奴隶,它们的房子仍旧保持了谦虚谨慎、不骄不躁的优良作风,认钞票也认权势,但从不要大牌。

再假设五百年前的房子也有生命,也在中华大地上来回溜达,它们会有什么样的体验呢?记得五百年前有人讲过,"集镇房价，五倍乡庄"，"都城房价，十倍或三十倍之"，就是说某个标价一万的房子从乡下老家跑了出来，跑到镇上，有人出五万买它，再跑到首都，又有人出十万、三十万买它。可见那时候的房子和今天一样，身价随着地理坐标的变化而变化。

五百年前又有人讲过，"街道惟金陵最宽洁，其最秽者无如汴梁"，"若京师虽不若南京，比之开封似稍胜之"。言外之意，谁家的房子随团游过"文化古都精品线"，感觉南京挺干净，开封和北京都够脏的——这大概是房子们更深切的体验。因为身价多少只是个象征，你花五万买它也好，花五十万买它也好，没有哪个开发商会从房款中抽出一沓来，很慷慨地拍给房子："嗨，你的提成。"而落脚的地方是否干净卫生、安全无隐患，才是房子们最关心的。

按照这个标准去给五百年前的房子规划度假去处，不妨以淮河为界，淮河以南的城市可选：路面多铺石板，下雨不起泥，有活水，可以带走生活垃圾；淮河以北的城市不可选：路面没有硬化，下雨起泥，没有活水，垃圾成堆，火灾和瘟疫横行。以北京为例，虽然号称京都，但绝不是度假的好去处，因为晴天刮土，"风起飞尘满衢陌"，雨天则"积水成湖，沟渠泥塞，各家墙屋，尽行倒塌"，公共场所"污粪堆积"，临街店铺"蚊蝇不绝"，以致在成化七年（1471）六月爆发了一场大瘟疫，"军民死者，枕藉于路"，规模之大和持续时间之长，都超过了一百五十年后伦敦那次。这里加引号的部分都是五百年前古人的记载，我常把它们当作某座房子的旅行日记。

肥 遁

《周易》第三十三卦,名"遁",爻辞如下:

初爻,遁尾,厉,勿用有攸往;
六二,执之用黄牛之革,莫之胜,说;
九三,系遁,有疾,厉,畜臣妾吉;
九四,好遁,君子吉,小人否;
九五,嘉遁,贞吉;
上九,肥遁,无不利。

我琢磨着,这组爻辞是讲一个奴隶去占卜,问能不能逃跑。人家巫师告诉他,如果占到初爻,就别逃了,什么时候逃,什么时候被逮;占到第二爻,也别逃,不然会被奴隶主用黄牛皮捆起来;占到第三爻,仍然不能逃,因为这一爻对奴隶主最有利,他蓄养着男奴隶和女奴隶,哪一个奴隶都逃不脱他们的手掌心;占到第四爻,可以逃了,但是只能走脱大奴隶,走不脱小奴隶;占到第五爻,大小奴隶都能逃跑;占到第六爻,所有的奴隶都可以远走高飞。

石崇有不同意见,他觉得"遁"不是逃跑,是隐居。这组爻辞的问卦人也不是奴隶,而是一位绅士。该绅士厌倦了商海和仕途,向巫师请教怎样隐居。巫师说:"如果还没挣到钱,隐居的事儿想都别想,因为有物质生活拴着你的尾巴,让你哪儿也去不了;如果挣的钱还不多,也不要去隐居,否则你的隐居生活将会痛苦不堪,就像被黄牛皮裹住那样难受;等到有点儿积蓄了,才能隐居,不过此前你得算笔账,看自己是否已经挣够了治病的钱和雇保姆的钱;如果积蓄很多,那就大胆地去隐居吧;如果积蓄非常多,那么恭喜,你可以到世界上任何地方去隐居,没有什么不顺利。"

这个石崇,就是跟王恺斗富,拿铁如意砸珊瑚、用蜡烛当柴火的那位。以前我以为这人很俗,很烧包,除了显摆自己有钱,别的什么都不会,后来读了他的文章,才发现他还是有点儿文化的。比如说,他注过《周易》,虽然注得不太严谨,但是见解独到,算得上是一家之言。再比如说,他还会填词作曲,曾为古曲《思归引》写过歌词。

翻成白话文,石崇的歌词是这么写的:

我做官做了二十五年,退休之后很有钱,焦作有我河阳墅,洛阳有我金谷园。别墅前面有长堤,长堤前面有清渠,渠水引来绕别墅,也养鸭子也养鱼。我早上喜欢去打猎,傍晚喜欢看闲书,每天做饭有厨师,平日家务有保姆。我家里还养了一批小歌星,歌声高亢吹白云,人生得意需归隐,要讲归隐数肥遁。

这段歌词应该就是石崇隐居生活的真实写照。前面说过,石崇把"遁"解释为隐居,如果这个解释无误,那么我们可以说,

这家伙"遁"了,而且属于"肥遁"那种"遁","遁"得精神物质两丰富,既大雅又大俗,值得大伙羡慕。

在石崇之前,有很多人希望肥遁,例如东汉有个仲长统,梦想有一所大房子,前面是水,后面是山,出门有舟车,回家有仆人,不用上班,不用工作,每天跟朋友谈天喝酒看闲书。跟仲长统同时代的曹操也希望肥遁,他的理想是在安徽老家建一处庄园,可以"冬夏读书,秋冬射猎"。不过他们都没有石崇幸运——仲长统有时间,没钱;曹操有钱,没时间。

第六篇

家居生活

桃花岛,燕子坞

江湖群侠,有不少还是建筑师,譬如说,陆乘风在太湖建造了归云庄,钟万仇在澜沧江开发了万劫谷,一灯大师隐居桃源,还把栖身的小庙装修一新,天山童姥称雄西域,名下那座灵鹫宫也是盖得气派非凡。让我颁奖的话,鲁班奖会给天山童姥,装饰奖会给一灯大师,金钥匙奖会给陆乘风,绿色建筑创新奖会给钟万仇。如果评最佳人居奖,则非黄药师的桃花岛莫属。想那桃花岛,碧海金沙,绿树红花,自然生态完好,规划设计也是一流,桃花影落飞神剑,碧海潮生按玉箫,既幽静,又雅致,极爽。不过,那里交通似乎不大便利,茫茫大海一孤岛,不通班车。更要命的,岛上连一商场都没有——对广大女性业主来讲,这个问题绝对是致命的,当年小黄蓉离岛出走,固然因为她本人是个问题少女,大概也有憋不住购物冲动的缘故吧。

有没有既风景优美、又交通便捷的小区呢?窃以为,燕子坞可以算一个。北乔峰,南慕容,燕子坞是慕容复的产业,杂花生树,鸟鸣水幽,论景观不次于桃花岛,而且在姑苏城郊,离CBD即使不近,也不会太远,闹中取静,居住消费两相宜。所以,我

又想把那个最佳人居奖要回来，改发给燕子坞。

黄药师提意见了：我桃花岛按九宫八卦精心布置，有名的易守难攻，连西毒、北丐那样的猛人都进不来，进来了也出不去，安全系数百分百。燕子坞能做到吗？——别忙，咱们也看看燕子坞的优势。

古往今来，"坞"有两种意思：一是指四面高、中间低的小盆地，像杭州梅家坞、苏州桃花坞都是；一是指围高墙、挖深沟、聚族而居的防御型社区，燕子坞大概属于这种类型。燕子坞以前，同类社区比比皆是。东汉末年，马援为了防御羌人，在陇西建有睦坞；三国时期，孙权为了防御曹操，在江南建有濡须坞；明代后期，李自成抢掠河南，河南到处是坞，张献忠作乱四川，四川也到处是坞。包括慕容复的祖上，前燕皇帝慕容昈与冉魏决战于河北，河北就刮起建坞之风；后燕皇帝慕容宝与北魏决战于山西，山西也刮起建坞之风。这些坞无一例外都是深宅大院，外边围墙极厚，墙外壕沟极宽，围墙的四角再建四座塔楼，堆着箭垛，透着射口，必要时，万箭齐发。围墙之内，才是祠堂、住宅、谷仓、厕所、马厩、磨坊、厕所和兵器库，供上百乃至上万的人居住。燕子坞未必也有围墙、壕沟和塔楼，但它曲水连环，暗布机关，一样起到了防御作用，谈笑间，也能让吐蕃高手鸠摩智变成落水狗。

说到这儿，我发现在安全方面，燕子坞跟桃花岛半斤八两，要么高墙，要么机关，业主们自力更生，都把安全工作强调起来了。这当然是好事儿，但也说明公共机构的工作没做好。就像那个众所周知的道理：防盗门最热销的小区，其物业肯定有问题。

从平房到楼房

一部《水浒》里面，一百零八条好汉都住哪儿，是个很有意思的话题。我们知道，上梁山以后，集体大分房，梁山就是他们的家。上梁山之前呢？则大致分成两类：一类在农村安家，如史进、晁盖、阮氏兄弟，要么住几重几进的大院子，要么住三间五间的茅草屋，不管大小，都是平房；一类在城里安家，如宋江、杨雄和金枪将徐宁，或者有片私宅，或者租房居住，大多是楼。

用现在的眼光来看，农村人住平房，城里人住楼房，说明前者较穷，后者较富，生活水平上有差距。其实不然，晁盖是农村人，大地主，坐地分赃的贼头儿，肯定很富吧，却住平房；武大郎是市民，挑着担子卖炊饼，一天赚几钱银子，住的却是楼房。所以说，住楼与否，不在贫富。

再从《水浒》里跳出来，放眼整个帝制时代。从两汉到明清，中原和江南的汉族聚居区比较富裕，是以平房为主；湖广和云贵的少数民族比较贫困，那里却到处是竹楼。来个跨时代比较，北魏洛阳的士族，一顿饭吃万钱的主儿，坊里住宅无一不是平房；明朝南京的平民，从牙缝里挤钱的小家庭，只要住处临街，还是要把房子叠起来盖。所以说，住楼与否，也不证明贫富。

翻开二十四史,南北朝时"俚獠"才住楼,隋唐时"平獠"才住楼。"俚獠"和"平獠",是指南方的少数民族,事实上,人家住楼主要是图个通风、隔潮、避瘴气。汉族人也建楼,住的人却很少,只用来登高望远,用于军事防御,用来做单体景观,用来供奉神佛或者象征什么。偶尔有几个爱住楼的家伙,像陶弘景,像谢玄,都被当作名士。换言之,是标新立异,是新新酷人类。

可是忽然之间,一股拆房建楼的风就刮起来了,楼房作为民居开始被广大市民所认可。其时间是南宋,地点是杭州。

起因很简单:北宋灭亡之后,皇族和难民接连不断地拥进杭州城,使得当地人口剧增,从五十万很快飙升到一百五十万,城区以内每平方公里要挤三万人。这个人口密度,超过今天的纽约、伦敦、巴黎和东京,和上海基本持平。人口如此稠密,再贴着地皮发展肯定是不行的了,于是在城区外扩的同时,住宅也逐渐往高处生长,城市居民正式开始了楼居生活。

14世纪早期,意大利传教士鄂多里克经过泉州、杭州,又来到元朝的大都,发现这些城市到处是八到十层的高楼,每一层都住着一户居民。鄂多里克肯定是夸大了,然而有一点必定可信:继南宋以后,元代的城市居民也过上了楼居生活,就像《水浒》里宋江、武大郎他们一样,就像今天的我们一样。

城居地主

五代时期，后晋军阀杨光远起兵山东，攻打青州，青州城从此跟外界隔绝，里面的商品出不来，外面的粮食进不去，城里居民饿了肚子。其中有位孙先生，家里粮食不少，却都放在乡下，一粒也捏不到。眼瞅着老婆孩子饿得直哭，孙先生急得团团转。怎么才能把粮食运进城呢？孙先生思来想去，把家里养的一条狗喊过来，掰着狗耳朵问道："尔能为我至庄取米乎？"狗点头摇尾巴。孙先生大喜，拿一只口袋，写一封信，交给狗，让它从下水道出城，跑到庄上，找到庄头，交付书信，驮半袋米，仍走下水道，进城返家。如此这般，那狗来回奔波百余趟，搬运粮食千余斤，让孙家老小挨过了围城的日子，既没有饿死一个人，也没有饿死一条狗。

这个故事是宋朝人王辟之讲的，白纸黑字，写在王某巨著《渑水燕谈录》里面。我的愚见，故事本身未必靠谱，但故事反映的社会生活有其真实性。譬如孙先生问那条狗能否"至庄取米"，就反映了这样一种社会生活：在过去，有一部分人，户口在城里，土地在农村，他们把农村的土地租给庄客（即佃户）耕种，靠农村的土地维持城市的生活，既是市民，又是地主，经济

史界叫他们"城居地主"。这种人至少有两套房,城里一套,叫"宅";乡下一套,叫"庄"。后者一般建在庄稼地里,用来存放农具和粮食,也可以自住,以及让庄客们住。

在今天,"庄"这个字主要指村子,例如张家庄、李家庄,一听就是两个行政村或者自然村,而绝不会让人联想到某个姓张或者姓李的家伙在庄稼地里建的两套房子。在过去则不同,过去的"庄"没有村子的意思,只指房子和房子周围的那一大片土地,近似中世纪欧洲封建领主的庄园。《红楼梦》里有一回说到黑山村的庄头乌进孝去宁府交租,还说宁府有八九个庄子。那"黑山村"是村子,"八九个庄子"却不是,既不是行政村,也不是自然村,连村民小组都不是,只是宁府在辽东和其他地区拥有的八九处庄园。乌进孝号称"庄头",其实不是村主任,只是宁府某一处庄园的经理人,替宁府监督着广大佃户,帮着催租和收租而已。

前面说过,城居地主至少有两套房,一套宅,一套庄。《红楼梦》里贾府众人属于城居地主,平时住在宅里,很少去庄上。也有一些城居地主喜欢去庄上住,把宅租出去。例如清代另一部小说《情梦柝》,其主人公楚卿"把房屋典与同族胡世赏,……得价三百五十两,自己却移在庄上,在旧宅住,只同一个家人,一个养娘,一个小厮年纪十五岁,五六口过活"。

大观园有多大

秦可卿死后,凤姐受人之托,去宁国府料理丧事。这期间,荣府那边的大小内务,凤姐仍然抓着没有撒手,所以不能在宁府住。如《红楼梦》第十四回所讲:

> 凤姐即命彩明钉造簿册。即时传来升媳妇,兼要家口花名册来查看,又限于明日一早传齐家人媳妇进来听差等语。大概点了一点数目单册,问了来升媳妇几句话,便坐车回家。

——凤姐每天治丧,大体如此。用八个字概括,就是"两点一线,忙完就闪"。所谓"两点",是指宁、荣二府。所谓"一线",就是宁、荣二府中间那条小胡同。凤姐往返两府,该小胡同是必经之地。

小时候没见过世面,以为宁、荣二府就像我家和我三叔家(那也是一东一西,中间隔条小胡同),撒泡尿的工夫,可以来回串门二十八趟。两府相隔如此之近,王熙凤居然"坐车回家",真是除了烧包,都让人不知说她什么好了。后来长大了,去的地方多了,才算知道什么叫大宅门,什么叫侯门一入

深似海,人家贾府之宽广之辽阔,根本不是我家和我三叔家可以比拟的。

《红楼梦》第三回说,从宁府大门到荣府大门,约有"一射之地",也就是射一箭那么远。常人弓箭,一石为准,不顺风也不逆风,能射一百五十米,光这一射之地,就够凤姐小跑一阵子的了。另外,凤姐住在荣府正中,出了半大门,转过粉油大影壁,穿过南北宽夹道,向南穿过荣禧堂、内仪门、南大厅、外仪门、荣府正院,出东角门,才能来到街上。到街上走过那"一射之地",进入宁府西角门,向北穿过外仪门、宁府大厅、宁府内厅、内仪门,才能来到她的临时办公场所。我按《红楼梦》里对宁、荣二府的细节描写,画了幅"1:1000"的平面图,在图上勾出凤姐治丧期间每天所走的路线,用直尺一量,您猜怎么着?凤姐每天往返至少一千五百米。换言之,她去宁府串趟门,就要走三里远的路。作为汉军旗人,凤姐可能没有裹脚,但即便如此,让一个打小娇生惯养而且一身妇科病而且不需要减肥的阔太太每天跑三里路,也挺不人道不是?所以凤姐不仅要"坐车回家",而且要"坐车过去",曹雪芹安排得合情合理。再比如,《红楼梦》第四十三回,宁府尤氏来荣府串门,吃完饭办完事,也是"一径出来,坐车回家"。尤氏和凤姐平辈,妯娌二人平日拉话,想必都要坐车的。不为烧包,只因路远。

忽然心疼起黛玉来了,大观园里可没有车。想当时,黛玉住潇湘馆,宝玉住怡红院,这对小情侣刚进园子那会儿,每天都是到贾母那里去吃饭的。宝玉还好,一男的,经摔打。而黛玉,一日三餐,饭前必从潇湘馆出来,绕过假山,步出园门,由王夫人院子后面向西,从凤姐门前经过,过东西穿堂,进垂花门,来到贾母住处。这一路,单程三百米,每天三顿饭,六个单程,足有一千八百米。黛玉,你腿酸了吗?不过更惨的是宝钗,此女住在园子西北角的蘅芜苑,去贾母处请安一回,也要走到香汗淋漓。以前我总奇怪宝钗为什么要选蘅芜苑那么偏远的地方,现在多少有些明白了:她是想减肥啊。

刘姥姥小门小户出身,对大观园那样的高档会所应该是无比向往的,但正如凤姐所说,大有大的难处。没去过清华园的同学,想象不到去生活区打个水也要坐校园公交,没在大型社区住过的朋友,想象不到业主们每天还要跟电瓶车打交道。宝、黛二人是爱侣,潇湘馆和怡红院离得也最近,我在图上一量,足足隔了四十丈。这么远的距离,如果没有丫鬟传话,只能用对山歌的方式来约会啦。那边黛玉唱:哎,唱歌要唱花连理哎,栽花要栽呀排对排哎。这边宝玉唱:嗨,妹真有心哥也知哎,奶奶让咱去吃饭哎。也算贾府一景。

嵇康的辩术

我要说的这场辩论规模很小,辩方只有两个人,一个是张邈,另一个是嵇康。

张邈这个人没什么名气,据说生于东汉,死于曹魏,给曹操打过工,做过一任市长。嵇康却是大红大紫妇孺皆知,余秋雨老师写过一篇《遥远的绝响》,夸他是"稀世的学者""大艺术家""精神开拓者",他挨刀那天是"中国文化史上最黑暗的日子之一",有他是"中国文化的幸运",失去他是"中国文化的遗憾",仿佛嵇康真的很牛。不过我读了嵇康的《养生论》《管蔡论》《释私论》《明胆论》,也没看出来他有多么"稀世"的学识,以及怎么"开拓"了精神。至于说他是"大艺术家",想必因为他会弹《广陵散》,可我还会唱《鹊桥会》呢,谁要封我"大艺术家",我非告他诽谤不可。余老师还说,嵇康"完全不理会种种传世久远、名目堂皇的教条礼法",所以是"中国文化史上第一等的可爱人物"。岂不知厌恶礼法正是魏晋上流社会的流行风,当时所有绅士都玩这个,谁不厌恶礼法谁被人瞧不起,嵇康不过是赶潮流罢了。

闲言少叙,言归那场辩论。如前所述,辩方是张邈、嵇康两位。他们的辩题,就是风水是否可信。

当时张邈先发言:我们家有个猪圈,里面有五头猪,昨天来客人,我宰了一头,现在只剩四头猪啦。如果住处的风水好坏,能影响业主的命运,那么五头猪住在同一个地方,为什么其中四头仍然健在,另外一头却不幸挨宰了呢?

嵇康反驳:风水影响的是人,不是猪,阁下拿猪来举例,有点儿跑题了吧?

张邈说:那咱就说人。当年长平之战,赵国四十万降卒同时被活埋;汉献帝即位的时候,首都几十万百姓同时被免税。难道那四十万降卒家里的风水都不好?难道那几十万百姓家里的风水都好?

嵇康反驳:一所辟有上百道门的大房子,只关住其中一道门是不能挡住小偷的,人的命运就像那所大房子,风水就是它的一道门,把这道门关严了,还有其他许多门敞开着,而即使这道门没关严,小偷也不一定进得去,所以风水好的业主也可能被车撞死,风水不好的业主也可能一生平安,所以几十万人遭逢同一种命运并不是风水这一种因素所决定的。例如赵国那些被活埋的家伙,也许有些人家里的风水好得不得了,但是八字不好,照样被活埋。

张邈说:你少用"可能""也许"这些字眼,科学需要严密的论证。

嵇康反驳:谁说科学领域不欢迎"可能"和"也许"?每一门科学的发展都需要假设,没有想象力也就没有科学了,我们不能因为风水学外表有些神秘,因为它在理论上还不够完善,就断

言风水是迷信，从而扼杀一门科学的诞生。

嵇康这些话您听起来肯定非常耳熟，那些写巨著来论证风水是一门科学的大师们就是他的现代翻版。中国在魏晋就有这么一位大师，应该是可喜的，一千七百年过去了，大师们的辩术依然没有进展，则是可悲的，而这种辩术始终有效，也说明了人性中有一些共通而恒久的弱点。

左青龙右白虎

有时候，曹雪芹也不靠谱，您听他掰那荣国府吧，从三间兽头大门进去，坐北朝南四进大院，中轴线上住的是凤姐这个孙子媳妇，正经长辈贾母却被撵到了西厢。贾母俩儿子，袭爵的是贾赦，当大哥的也是贾赦，但却是贾政住了正院，而贾赦屈居一隅，紧挨下人的集体宿舍，以及一排牲口棚。

我不是红学家，不明白这么安排有啥用意，如果硬要学刘心武老师来个揭秘的话，我只能说：大概曹雪芹吃错药了。然后从脂批中找到证据，证明曹雪芹是在嗑了摇头丸之后构思红楼梦的。不过这话最好憋着，众所周知，对于经典著作和伟大作家，我们除了坚持仰着夸，还要坚持跪着舔，阅读《红楼梦》可不敢离开这两项基本原则。

本着仰着夸和跪着舔的专业精神，我重新拜读了《红楼梦》，发现人家曹雪芹不仅没有吃错药，而且还是个风水大师。

诸君请看《红楼梦》第三回。黛玉进了荣国府，来到中轴线上五间正房，在那里拜见王夫人。据黛玉观察，那里叫荣禧堂，本是贾母住处，贾母却让给了王夫人，而王夫人"时常居坐宴息，亦不在这正室，只在这正室东边的三间耳房内"。贾母和王

夫人为啥都不住正房呢？这需要从风水角度来解释。在风水学里，路是一把刀，阳宅最忌，荣禧堂坐落在荣府中轴线，正对准南北大道，中间一没有影壁遮挡，二没有桃木化煞，只有两道仪门相隔，而仪门又时常洞开，使煞气滚滚而来，实在危险之至。所以贾母不敢住，让给了王夫人，王夫人也不敢住，住进了耳房。整个荣府也只有凤姐天不怕地不怕，胆敢安家在这条中轴线上，但是如您所知，凤姐付出了代价：年纪轻轻染上一身妇科病，很快就死掉了。给这条中轴做个延长线，您还能发现，连潇湘馆也在冲犯之列。后来黛玉早夭，固然因为体弱多病，风水不好大概也是原因之一，要不然，为啥别人不得肺结核，偏她得了肺结核呢？

大观园内的年轻业主们，除黛玉潇湘馆犯煞，别的住处大多不错。元春住过省亲别墅，那别墅，三面环水，北有假山，前展华庭鹤宇，后枕荆山翠玉，左边紫气浩荡，右边水泻中堂，属于上上宅。李纨住稻香村，虽然黄泥墙竹篱笆不那么雍容华贵，但是三面环山，最能藏风纳气，旺丁旺财。贾珠走得是早了些，否则夫妻俩在这里男耕女织，绝对不止贾兰一个孩子。

有必要提一下妙玉，该女士住哪里来着？玉皇庙还是栊翠庵？按照风水经典《相宅经》的说法，两处同属巽位，以阴得阳，百事俱昌。可是妙玉后来走火入魔，被人劫去，不是做了压寨夫人就是当了啤酒女郎，实在不像"百事俱昌"的样子。这个问题最好让讲风水的人来解释：栊翠庵在省亲别墅东南侧，正对一条弧形甬道的尖端，犯了反弓煞。

貌似怎么说都有理。

那些羞涩的豪宅

北宋立国,赵普功大,宋太祖说:赏赵普一处房吧。于是赵普有了一处房。那处房,前堂后寝,两侧穿廊,合围一个小小的院子,占地不多,给人的感觉却很宽敞,而且冬暖夏凉,接地气。我估计,大概就像后来北京的四合院,每天赵普忙完工作,下班回来,站在院子当中,可以打打太极拳,喂喂金鱼,挺舒心。

四合院住久了,难免也会心烦。首先,两侧厢房的朝向都不好:东厢房西晒,上午光线昏暗,下午夕阳耀眼;西厢房稍强一些,采光也不及北面正房。赵普自己住正房,可能没感觉到,几个儿子住厢房,意见就来了。另外赵家人口是不断增加的,丫鬟仆人越来越多,孙子孙女也接二连三地出世,赵府开始变得拥挤起来。

开宝六年(973)前后,赵普在西京洛阳盖了一处房子;太平兴国初年(976),赵普又在东京开封盖了另一处房子。两处房子的格局差不多:单瞧外面,都是竹子围的栅栏,松枝编的大门,庄户人家似的;一进门,迎面一大影壁,白灰刷得照人影;转过去影壁,干干净净三间小厅;穿过小厅,耸立着七间正房,正房两边各出厦三间,偏厦两边又各有七间厢房;正房后面是一花

园,里面亭台楼阁,喷泉假山,遍地草皮绿玉一般。

赵普玩这一招儿很绝,我估计,大概就像后来杨斌在沈阳搞荷兰村,用农业园区做幌子,暗地里开发豪华别墅。可惜赵普不走运,碰上了一个爱揭秘的宋太祖,宋太祖派人调查,发现只是内墙装修,就花了一千二百贯,而当时一贯铜钱能买三百斤大米,一千二百贯至少相当于人民币六十万元。所以太祖很生气,大骂道:"此老子终是不纯!"翻译成白话就是说,这老家伙到底不是个好家伙。

现在明星们一掷千金大买豪宅,是因为有钱;当初赵普一掷千金大建豪宅,也是因为有钱。要知道,宋朝官员的待遇在历朝历代数得上最好,赵普又是官员里级别最高的宰相,年薪之丰厚绝不会逊色于某个天王巨星。既然这么有钱,弄几套豪宅也是顺理成章,为享受也好,为显摆也罢,为投资也成,不管为了什么,人家花的是自己的钱,一没偷,二没抢,光明正大。所以宋太祖骂他,多少有些底气不足。

但赵普本人的底气似乎也不足,盖豪宅你就盖呗,干吗还要偷偷摸摸,伪装成乡村大院的样子?有朋友说了,大概是怕反贪局查他收入来源吧?这话或许成立。但我看好另一个解释:怕公众骂他烧包。

北宋还有一位名叫宋祁的官员,也曾大建豪宅,他哥宋庠提醒他说:"你现在这么穷奢极欲,大概把当年住小屋吃冷饭的往事全忘了吧。"宋祁反问道:"我们当年住小屋吃冷饭是为了什么?"

宋祁的意思是说,他们当年住小屋吃冷饭,就是为了今天住豪宅。这种想法或许庸俗,但绝对合法。

元代四种小户型

元朝流行四种小户型。

一是皮帽屋。

现在流行养车,那时候流行养马,养车需要车库,养马则需要马厩,元代马厩跟其他朝代一样,一般设在宅院外面。马厩设在外面,马夫自然也要住在外面。有的马夫就住在马厩里,有的运气好,可以让主人在马厩旁边另盖一间人住的,也就是皮帽屋。皮帽屋是小单间,模仿了蒙古包的形状,用茅草、竹木或者牛皮搭建,留有一出口,里面有床,有马桶,没有厨灶——每天开饭时,马夫进宅与其他仆人一起进餐,不必给他单设厨灶。

二是地屋。

内蒙正蓝旗境内有上都城,元代上都市民的住宅,超过五分之一都是土窖式的,当时叫"地屋"。地屋深有丈许,横截面或圆或方,顶上撑木条,木条上搭茅草,茅草上覆土,土上还可以种庄稼。屋内有土炕,有厨灶,一般没有厕所。屋顶与地面相平,中间穿孔,好让炊烟飘出去。

三是系官房舍。

征服大金和南宋之后,元政府从金国中都、南宋临安接管了

一批房产，后来平定白莲教，也陆续接管了一些香堂。这类房产归元政府所有，称为"系官房舍"，大多分给了"公务员"。"公务员"人数很多，系官房舍数量很少，为了尽可能地让所有官员都有房住，元政府便把一处处系官房舍分隔成小户型，按级别定量分配，高级"公务员"多分一些，基层"公务员"少分一些，中有帷帐作隔断，象征性地分成卧室、厨房、客厅和厕所。

四是私宅僦屋。

"僦"是租赁的意思，私宅僦屋就是私人开发、公开出租出售的小型公寓。之所以把它归入小户型，是因为元代几个主要城市内对外出租、出售的民房多属小开间。参照元人词曲和文人笔记可以发现，元代大都、杭州、泉州、汴梁几个大城市内，都分布有窄小阴暗的僦屋。这种户型占地少，造价低，因此房租也便宜，便于吸引收入不高的军户和小贩租住，也可供文人和行商作短期的下榻场所。

元代极盛时期，大城市存量土地已经很少，关汉卿《【南吕】一枝花·杭州景》唱道："万余家楼阁参差，并无半点儿闲田地。"说的是杭州土地稀缺。《元典章》卷十九："目今百物踊贵，买卖房舍价增数倍。"说的是北京房价飞涨。土地稀缺，房价飞涨，开发小户型已经是历史的必然了。

住在木桶里

在埃及，在印度，在地中海，马其顿国王亚历山大精心打造着他的宫殿，这时候，第欧根尼住在木桶里。

那是一个很大的木桶，足有九英尺高，直径六英尺，第欧根尼白天在外面闲逛，困了就爬进去，盖上桶盖，睡觉。

他不上班，也不能算是自由职业者，因为他从来不工作。靠什么吃饭呢？他乞讨。一只盛饭的口袋，一只盛水的杯子，靠着这两件法宝，他可以在希腊任何一个城邦里吃喝不愁。他没有衣服，菜市场里丢弃的麻袋都是他的衣服，他随便挑，穿厌了再换，天冷就穿两件，套一只麻袋，再套一只麻袋。对了，他还有一根木棍，用来打狗，这位号称犬儒学派的代表，却怕狗。不过，他学问是好的，而且名气很大，以至于有一天，连亚历山大都来拜访他了。

亚历山大和第欧根尼会晤的场面是这样的：一个站在木桶外面，一个坐在木桶里面，他们就这样探讨人生。倒不是第欧根尼不好客，他曾礼貌地邀请国王共享他的木桶，但亚历山大不情愿进去。说实在的，那木桶住一个人还算宽敞，俩人都进去就显得空间不够。何况他们都是男人，在桶里坐得那么近，很容易被当

成同性恋。鉴于此,他们谈的第一个问题就是关于住所的。

亚历山大问:您干吗不离开木桶,给自己弄套房子呢?

第欧根尼说:生活在北欧的猎人,头上肩上套着皮囊,就可以一夜又一夜地睡在雪地上。生活在中亚的牧人,在地上挖个方方正正的地窖,上面盖上木板,也能世世代代住下去。一个好的住所,只要能避风,能挡雨,必要的时候能遮羞,就足够了,我的木桶就是这样一个住所,干吗还要再弄一套房子呢?

亚历山大说:可是木桶没有房子住着舒服啊。

第欧根尼说:我承认住房子比住木桶要舒服,但木桶随处都能找到,房子却需要花钱。为了挣到房钱,你不得不花去半生的时间、精力甚至健康,这种用许多种不舒服来换一种舒服的买卖我是不会做的。

我一直猜想,古希腊的房价大概和今天一样高,以至于为了弄套房子,普通人必须耗掉半生的时间和精力。我还有理由猜测,第欧根尼可能就是被希腊城邦集体飙升而且越来越离谱的房价给激怒了,才决定放弃沉闷无聊的工作和遥不可及的房子,躲进一只木桶寻找逍遥。

第欧根尼很逍遥。在那只木桶里,他可以随心所欲地睡大觉,也可以长夜漫漫坐而不寐,他可以把盖子合上做梦,也可以开着天窗看星星,他起身出外,不会有人催缴物业费,也不会有大房东、二房东拦住他要房租,而多少人为了住一只更大更宏伟的木桶,一直忙活到老死,也不知道是他们占有了房子,还是房子占有了他们。

第欧根尼也不逍遥。第一,木桶确实没有房子舒服,如果有位大好人,比如亚历山大,把他的房子过户给第欧根尼,而且不要一分钱,我猜第欧根尼会毫不犹豫地离开木桶,奔向房子。第二,住木桶不用花钱,却需要付出一些精神上的代价:被别人瞧不起。或许第欧根尼超凡脱俗,不怕别人瞧不起,可是绝大多数人都怕,所以第欧根尼的做法值得欣赏,却很难模仿。

可以模仿的是另外一位,此人名叫吕徽之,南宋时期生活在杭州。当时杭州房价太高,又没有经济适用房,即使有,排号排到21世纪也未必能轮到吕徽之头上,所以他忍无可忍,带着老婆乔迁山林。若干年后,吕先生的朋友听说他在某处隐居,就去找他,结果搜遍山林,寂无人迹,最后只发现一只木桶,桶里还有人说话,掀开桶盖,一个是吕先生,一个是吕太太。

如果不是被朋友发现,吕氏夫妇就是在桶里住一辈子,也不会被别人看不起。这个故事的教训是:当您受不了高房价,发誓要住木桶的时候,一定要选人迹罕至的地方。可是,现而今哪儿还有人迹罕至的地方?

隔墙有耳

清朝有本志怪小说,叫《夜雨秋灯录》,文笔远不如《聊斋志异》洗练,不过取材琐细,极贴近民间生活,颇值一读。我有幸翻过其续集,在第七卷瞧见这么一段:

> 莱阳之野有陈非平者,幼习农,与兄嫂同居。兄贾于外郡,嫂孕而在室。……田家无灯,室中漆黑,因自掩扉就东壁土炕上宿。嫂闻叔回,即摸索掩房闼,隔墙与叔谈家事。

说的大约是康熙年间,山东莱阳一陈姓小伙,没成家,跟哥嫂住一块儿,哥哥出门经商,他在家务农,白天下地干活,晚上回家休息,嫂子睡西屋,他睡东屋,中间隔道墙,彼此还能拉话。

在今天无论哪个小区,无论什么户型,无论三室一厅还是四室两厅,把这位小陈和他嫂子分别安排到相邻的两间卧室里,然后把门关严,让他们再拉拉话,恐怕就不大现实了——根本听不见嘛。或许扯嗓子喊几声还能听见,但那不是拉话,而是对歌了。

在清朝怎么就听得见呢？我想大概是因为墙跟墙不一样。现在的室内墙是货真价实的墙，夹气砖或石膏板，从地面到天花板严丝合缝，隔音效果好；清朝的室内墙一般都不是墙，而是屏风、隔扇、苇壁和木板，不但薄，而且有缝隙，不但有缝隙，而且上不封顶，所以只能遮光，不能隔音。这种墙我们农村老家就有，是用高粱秆编的，中间空隙很大，这边打扇子，那边也有风，俗称夹箔篱笆。小时候，我睡夹箔篱笆东边，父母睡夹箔篱笆西边，半夜"咚"的一声，我掉炕了，父母闻声而至，可见隔音效果之差。

还有一个场景，忘了是在哪本书上见的了，说在某朝某代，浙江杭州住了一对老夫妻，其中一位做了个梦，早晨醒来对老伴讲，那个梦如何如何，还没讲完，隔壁邻居就大骂起来："大清早的，还让不让人活了！"当时浙江人忌讳颇多，认为听别人说梦很不吉利，所以那邻居发火也不奇怪。奇怪的是，老两口说个私房话，隔壁就能听见，恐怕两家之间那道墙也不隔音吧。

室内墙不隔音，可以解释为有名无实，户间墙也不隔音，就不能说人家也是屏风隔扇苇壁木板或者夹箔篱笆了。科学的态度，还得从结构上找原因：过去的户间墙多属黄土夯筑，或者土坯干打垒，至多用上水磨砖，一般都是实心，没有夹层，里面不填玻璃毡，外面也不贴泡沫板，所以隔音效果差也是理所当然的。

室内室外的墙都不隔音，古人住宅的私密性就要大打折扣，对此还有个场景做注脚，就是《水浒》里潘巧云跟和尚偷情，当夜完事后睡得正香，忽听得巷子里木鱼声响，于是一起惊醒，那

和尚披衣起来道:"我去也!"爬起来就走。

据说声音的传播和光线一样是可逆的,既然他们在卧室里睡觉,还能听见巷子里敲木鱼,那么别人在巷子里敲木鱼,也未必不能听到他们在卧室里睡觉。他们要想不让左邻右舍听见,就必须让偷情时发出的声音在分贝上小于敲木鱼的声音。这说起来容易,做起来有些难。

我的厕所我做主

我们的厕所是越来越干净，也越来越私密了。以前是露天的、蹲式的、人工去掏的，现在进化成封装的、坐式的、自动冲水的。以前是大排档，许多住户共享一所，现在化整为零，悄无声息地隐身在独门独户中。这个进程不长，也就是几十年而已，但这几十年浓缩了几千年的时光，将人类曾经的厕所文明又重新演绎了一遍。

明代以前的厕所，大排档比较多，像现在极个别还没进化的厕所一样，也是露天的、蹲式的、人工去掏的。十字街口一角落，四方围墙，临街一面转角开口，长长的土坑，宽有两尺，横搭几根石条，两脚各踩一根，就那么解决问题。上面没顶，雨天很滑，容易掉下去，唐人笔记常常提到某人如厕淹死，应该不是瞎编。入明以后，公共厕所一下子少了许多，几个大城市像北京、南京，跑遍全城也找不到几个，像今天一样，它们化整为零，化公开为私密，争先恐后进了小家庭。它们不再以厕所的老面孔亮相，而是变身为小隔间，或者更加缩微一些，变成床底下的那只红漆马桶。那些四世同堂的大宅院，以及官府衙门，仍然保留了厕所，但只供公仆，也就是男性的下人使用，丫鬟、婆子

和正经业主是只跟马桶打交道的。《金瓶梅》第八十三回，秋菊去院子里方便，被春梅骂道："成精奴才，屋里放着马子，尿不是！"秋菊说："我不知马子在屋里。"马子就是马桶，春梅要求秋菊用马桶，不只是怕开门走漏风声，也是规矩。嘉靖年间，海瑞到淳安做官，也曾带只马桶过去。淳安县衙里当然有厕所，但海大人怎么能亲自上厕所，多低级啊显得。

曹雪芹是清代人，大户人家出身，早年应该专跟马桶打交道的，假若《红楼梦》是他自叙之作，那么这位曹公子住在大观园的时候，他本人以及一帮大小姐，每人屋里都少不了一只马桶。其马桶必定镶金嵌银，个头超大，摆在小隔间里，只要加上自动抽水功能，就是一干湿分离的私人卫生间。平日聚餐或者联诗，一时尿急，就仪态万方地拎起小坤包，含笑起身，雍容华贵地说：对不起，我去下洗手间。然后走进小隔间，搬出马桶，鸦雀无声地小解。

等级观念体现在大小便上，就是公共厕所低级，而私人卫生间高级。在明清两代，这种由卫生用具引发的歧视，就跟由肤色而引发的种族歧视一样普遍。还记得著名劳模刘姥姥要在大观园里就地方便，被众人喝止住了，让她去东北角上厕所。刘姥姥去厕所的路上，要经过探春的秋爽斋、惜春的暖香坞和宝钗的蘅芜苑，这三位不管是谁贡献出自己的马桶，都能帮刘姥姥解决问题，但她们就是不愿意。第一，她们对刘姥姥有歧视，觉得农民不配用卫生间；第二，众所周知，卫生间具有排他性。

‖ 明刻本《金瓶梅》第五十四回插图,韩金钏在花园中就地小便。

当马桶代替厕所

关于明朝的房子,文人谢肇淛是这么说的:"南方无茅屋,北方无溷圊。"溷圊就是厕所,北方无溷圊,意思是说北方没厕所。这话听起来吓人,俗话说人有三急,没厕所让人去哪里解决问题嘛!

谢肇淛的话说得太绝对,不过也接近事实。明朝初期某郡王建房,前厅房五间,后厅房五间,米仓三间,马厩三间,什么都建了,偏偏没建厕所。如果说这位郡王把厕所给忘了,那么弘治年间另一位王公建房,门楼四十六座,墙门七十八处,水井十六眼,厨房近百间,同样没建厕所,不可能俩王爷一对糊涂蛋。除了王公大臣,市民们建房也有把厕所省略掉的,明代小说《禅真后史》描述一市民住宅,"四间侧室,五间彩画高楼,随后腰墙内又是五间大厅,前后各有十余进高堂大厦,屋后有一片大园",也是万事俱备,只欠厕所。该市民姓党,是个大老板,要说他建不起厕所,自然说不过去。

把历史的指针往前拨,宋元时代的许多市民都住小单间,房小屋又窄,只好一家老小用马桶,图个节省建筑面积,而官员和富人家里还是要建厕所的。到明朝却移风易俗,明明有地方建厕所的人家,也跟平头百姓学起来,纷纷抛弃了厕所,而与马桶打成一片,这是个什么道理呢?在农村生活过的朋友都知道,厕所不像抽水马桶那么人性化,每用一段时间你就得掏它,而掏厕所是很不友好的工作,即使让别人去掏,也免不了恶心几天。古代的马桶虽然没有抽水功能,却能随时倒掉,既省了掏厕,又不用闻异味。于是聪明的明朝人就不建厕所,即使有厕所也要用马桶。比如说,明朝那位有名的清官海瑞,他去南方当县令时,专门带去一个马桶,县衙里有厕所,但那是给皂隶这些下等人用的,海瑞才不跟厕所打交道。

  清朝也保持了这个良好传统,这个传统使得明清两代爱好清洁的人士终于拥有了清洁。然而如前所述,古代的马桶没有抽水功能,积存的内容仍然需要清理。皇宫里的马桶可以让太监们一直运到皇庄附近的化粪池,在那里变成肥料;市民家的马桶谁来清理呢?一般来说,有从城郊来的收粪工,收粪工赶着骡车,骡车上架着粪桶,每天一趟,把各家各户马桶里的东西运走。怕的就是哪天收粪工感冒了没来上班,就有那爱省事的市民,早起推开窗户,很麻利地一倒。您能想象得到,明清两代的晨练者应该都是打着伞跑步的,这样可以避免撞彩。您还能想象得到,不幸撞了彩的朋友要冲上来理论理论,这也没办法,古往今来,谁没往楼下倒过东西啊!

李赤的坐便器

王小波写过一篇很有趣的杂文,题目叫作《极端体验》,里面提到唐朝的一位李赤先生,说他跟朋友们出城郊游,中途两次去厕所,都掉进了粪缸里,而这既不是因为失足,也不是因为有人恶作剧,而是李赤自己发神经,主动往粪缸里跳的。对此王小波解释道:有些人秉性特殊,寻常生活不能让他们满足,他们需要某种极端体验,李赤就有这种嗜好。

王小波还说,李赤的故事在唐朝流传甚广,像柳宗元的《李赤传》,段成式的《酉阳杂俎》,都提到了李赤跳粪缸或跳茅坑,但都无法解释他为什么要跳。

其实不是这样的。我翻过一些唐人笔记,的确在柳宗元、段成式等人的著作里见到了李赤,该李赤也确如王小波所说,两次跳入粪缸,但他这样做可不是为了极端体验,而是因为撞鬼了。换言之,唐人著作已经对李赤跳粪缸的反常行为做了解释,而不是无法解释。当然我也能理解王小波,他是搞文学创作的,不是搞学术研究的,故意说唐朝人无法解释,是为了顺理成章地写出他自己的解释。如果需要的话,他甚至可以把李赤写成女人,把李赤跳的粪缸写成游泳池,这在文学上都无可厚非。

跟王小波的文章相比,我这篇文章离文学太远,所以我不会对素材作任何加工,只希望能够尽可能接近真实地还原古人生活。

现在说说李赤是怎么撞鬼的。

柳宗元的《李赤传》中写道:李赤跟朋友出去旅游,晚上住进某招待所,被一女鬼迷住,那女鬼把李赤诱进公厕,让他往粪缸里跳,李赤还真要跳进去——他已被女鬼弄得五迷三道,别人瞧着是粪缸,他瞧着却是美女。幸好朋友来得及时,把李赤拽住了。第二天晚上,李赤又被女鬼诱进厕所,一头扎进粪缸里,但很快被朋友拉了出来,李赤却不领情,大骂人家误了他的好事。第三天晚上,李赤最后一次跳入粪缸,朋友们听到动静,在外面砸门,发现门已被李赤用"厕床"顶住了……

故事的结局不必细说,自然是李赤死在了粪缸里。

上述故事让人感兴趣的不只是情节,还有里面的一件道具。如前所述,李赤为了不让朋友再误他的"好事",最后一次跳粪缸前用"厕床"顶住了门。厕床是什么东西呢?形状很简单,一木板,带靠背,下面四条腿,状如椅子。但椅子没窟窿,厕床上面却要挖一窟窿,其大小刚好容得下人的臀部,而又不至于让人漏下去。把现在马桶的下半部分去掉,底下安四条腿,上面再加一靠背,然后拿到唐朝,就是一正宗的厕床。事实上唐朝人就是拿它当马桶用的,平时进厕所,把这玩意儿往便池上一架,坐着方便,挺舒服。

众所周知,现在的马桶分蹲式、坐式两种,后者又叫欧式马桶,貌似咱们过去方便一直蹲着,后来才从老外那里引进了坐式马桶,才学会了更加文明更加人性化的方便方式。其实在唐朝乃至更早的时代,坐着方便一直是中国人的习惯,至少是部分中国人的习惯。

譬如南北朝有乐府诗:"舍辔下雕辂,更衣奉玉床。"其中"更衣"是方便的雅称,"玉床"就是指制作精美的厕床。

墨子的卫生间

战国时代的厕所究竟长什么样子,我没见过考古实物,不敢妄言,但却有幸听战国学者墨子说过他理想中的厕所。

墨子说,厕所主要可分两种,一种士兵用的,一种平民用的,前者要建在城墙之上,后者要建在大路旁边。

城墙上怎么建厕所呢?墨子说,用几块木板,做成大木桶的形状,桶底挖孔,悬出城外,就是一卫生间,然后在城下相应的位置挖一便池。也就是说,卫生间和便池是分离的,卫生间在半空,便池在地下,上下呼应,不差毫厘,从卫生间的排便孔出发,向地面作一垂线,其垂足应该刚好落在便池的中心。

战国时代当然还没有卫生间、便池这些概念,墨子把上面的卫生间叫作"厕",把下面的便池叫作"圂",便池四周还有墙,叫作"垣"。可以想见的是,当时士兵内急,必将登上城墙,走进"厕"里,然后不消一袋烟工夫,城下就会传来遥远而沉闷的声响,说明正有东西落入"圂"中,那东西还可能溅在"垣"上。

平民的厕所没这么复杂,只需在平地挖一大坑,坑上每隔一步架一横木。另外其四周也要筑墙,也就是墨子说的"垣"。按

照要求,这"垣"必须筑到十二尺那么高。

我们知道,战国每尺约有二十三厘米,十二尺将近两米八,如果单为遮蔽视线的话,似乎没必要把墙筑这么高。我猜测这样做是为了安全,例如不让到处乱跑的小孩子和夜间走路的成年人掉进去。

对古代没有了解的朋友不会明白厕所的危险性,事实上,过去建厕所一般都会挖很深的沉淀池,为了减少占地而增加容积,古人还都喜欢把沉淀池的四壁挖得很陡,这样一旦有人掉进去,再想爬出来势比登天。《周公解梦》里有句话:"落厕,出吉,不出凶。"意思是掉进厕所之后,能爬出来当然很吉利,爬不出来就玩儿完了。非常之写实。

我手头还有个很典型的事例,说的是晚明大侠顾玉川行走江湖,曾经在江苏常州某驿站打尖儿,结果连人带坐骑(一匹骆驼)双双掉进该驿站的厕所里。亏得顾大侠身手不凡,一个鹞子翻身就蹦了出来,而那匹骆驼不会武功,终于丧命于万恶的沉淀池。连骆驼都能掉进去,您且想象一下这厕所的沉淀池该有多大。

这件事原载于《明代轶闻》卷五的《异人录》,原作者写到骆驼丧命就不写了,我想后面还该有续集,最起码顾玉川会找驿站索赔,如果驿站不愿赔钱,就到法院起诉,因为驿站并没在厕所的醒目位置设立警示标志。

有鉴于此,墨子设计的厕所外面还要刷上一条标语:

"厕所有风险,如厕需谨慎。"

合作取暖

小时候在农村上学，条件很差，没有自来水，也不通电，举凡城里学校有的，我们那儿都缺，像电灯啦、电话啦、风扇啦、空调啦、投影仪啦，统统没有，更加没有暖气。夜里上自习，每个教室都要挂上汽灯，那种灯烧汽油，又白又亮，晃人眼，还发出"嗤嗤"的声响，既像温泉喷水，又像瓦斯漏气。教室盖得也简陋，墙是土坯，屋顶是石棉瓦，几根柳木棍并排一钉就是门板，缝隙大得可以钻进去一个人，前后两排窗户，都有窗棂，但都没有玻璃。在这种教室里上课，过夏天还好，穿堂风横冲直撞，屋里比屋外还凉快；过冬天就惨了，全班二十四名学生，个个冻得小脸发紫小手流脓，边上课边不停地跺脚，扑通扑通，扑通扑通，一股股尘土飘扬起来。

为了取暖，我们班主任从家里拎来一炉子，把木头点着了，放在教室中间，屋里顿时春意盎然，温馨无限。就在这盎然的春意和无限的温馨当中，我们班主任给我们开了个班会，号召全班同学捐煤球。我们班主任说，学校资金有限，不可能给我们的炉子供应煤球，为了保证同学们以后不再受冻，我们必须自己努力，搞些煤球过来。俗话说众人拾柴火焰高，团结起来力量大，

我们要想搞到更多的煤球,只靠一个人两个人是不行的,也是不公平的,最好大家都从家里拿几块煤球过来。我们班主任还说,咱们不搞平均主义,以后要按各人捐煤球的多少来安排座位,捐煤球最多的同学可以坐在炉子旁边,少捐或者不捐煤球的同学只能坐在门窗附近。

或许您会认为我们班主任这个办法太势利,但是那年冬天,我们的炉子一直火光熊熊,我们的教室一直温暖如春。在学期末的数学试卷上,我们班主任还出了一道别开生面的应用题:

今有小明、小芳、小红、小亮四人,共用一个火炉取暖,小明捐煤球二十块,小芳捐煤球三十块,小红捐煤球四十块,小亮捐煤球五十块,假设他们按照捐献煤球的多少来安排座位,已知小芳的座位离火炉一米,请问小明、小红、小亮三人的座位离火炉各有多远?

长大后,来城里念书,教室里都有暖气,冬天上课再不受冻了,但却常常怀念起全班学生合作取暖的日子。再后来,念了大学,进图书馆翻书,在宋初文人笔记中读到一段,也是关于合作取暖的:庐山白鹿洞,游士辐辏,每冬寒,醵金市乌薪为御冬备,号"乌金社"(参见陶谷:《清异录》卷下《器具门·乌金社》)。

说的是五代时期,一帮书生在江西白鹿洞书院求学,每到冬天来临,都要集资买炭。倒跟我们当年全班同学捐煤球生炉子差相仿佛。

据说白鹿洞书院开设有《算法统宗》课程,近似现在的数学,料想其岁末试卷上,也会来这么一道应用题:

"今有元、亨、利、贞四人，醵金买炭，以备冬寒，元出银二十钱，亨出银三十钱，利出银四十钱，贞出银五十钱，伊以出资为据，置酒设座，已知元距炉五步，问亨、利、贞三人各距炉远近？"

男人在左，女人在右

结婚典礼，男的站左边，女的站右边。术士看相，男的伸左手，女的伸右手。

男左女右，约定俗成。

怎么来的呢？

有人说，都是盘古给闹的，他老人家开天辟地，自性繁殖，左眼生伏羲，右眼生女娲，伏羲是男，女娲是女，男左女右打这儿开始。

又有人说，过去排列座次，以左为尊，以右为卑，因为男尊女卑，所以男左女右。

其实盘古、伏羲和女娲只是神话，这种神话跟世界上其他所有民族的神话一样，都是瞎编大于写实，拿来凝聚人心还可以，真当历史讲就没人信了。至于过去排列座次，我记得从战国到明清，一直以右为尊，而不是以左为尊。

所以这两种说法都不靠谱。

还有一种说法是这样的：

战国时期，人们相信万物由五行而生。金生金属，木生植物，水生雨雪，火生石油，土生岩石。人类复杂一些，单独任何一种元素都不能生成人，所以人是由五种元素一块儿合成的。凡合成都有配方，百分之六十的金加上百分之十的木、百分之十的水、百分之十的火、百分之十的土，合成百分之百的女人；百分之六十的木加上百分之十的金、百分之十的水、百分之十的火、百分之十的土，合成百分之百的男人。这么一合成，女人的金性就多一些，男人的木性就多一些，故此女人属金，男人属木。

战国人还认为，五行各有方位，金在西，木在东。男人属木，所以男人在东；女人属金，所以女人在西。古人坐北朝南，以东为左，以西为右，所以男左女右。

这种说法也未必靠谱，但它是我提出来的，所以我希望它靠谱。

靠谱与否有待验证，我觉得，风水术似乎可以帮我验证一回。

咱们这儿老早就有风水术，当年周公营洛，拿着日晷选址，算得上是有据可查的第一个风水先生吧？但他只在瀍河两岸瞎转悠，连五行都没考虑，在理论上似乎还不大成熟。幸好战国以后出了个风水大师，姓王，名纲，道号天门子，把五行那一套天才地融入到了风水术当中。

天门子大师认为，每一处住宅、每一间房屋都可以归为五行，譬如住宅有五局：金局、木局、水局、火局、土局；房间有五位：金位、木位、水位、火位、土位。好的住宅和好的房间应该在五行上和它的主人相配。比方说，如果一套房子属于木局，则其业主最好是男人，因为男人属木；如果一套房子属于金局，则其业主最好是女人，因为女人属金。怎样才能判断一套房子属于木局还是属于金局呢？很简单，以院落中心为界，左边（东）是木局，右边（西）是金局。也就是说，男人住左边为吉，女人住右边为吉。还是男左女右。

五亩之宅

孟子心目中的和谐社会是这样的：没有战争，没有偷盗，领导们都仁慈，百姓们都听话，穷的不太穷，富的不太富，家家户户都有不动产。

孟子还说，那不动产也不用太多，每家每户五亩宅基、一百亩耕地，就足够了。

孟子说这话的时候，正值战国时代，当时一亩相当于今天四分，大约二百六十平方米，五亩就是一千三百平方米。这么一块地建成公寓楼，够上百个小家庭入住，即使建成乡村大院，也能轻松安排几十间瓦房。看来孟子的要求不低。

可是根据战国时代另一位牛人李悝的计算，五亩宅基再加一百亩耕地，勉强只够一家人糊口罢了。

李悝的计算如下：

五口之家，耕田百亩，一年收粟一百五十石，上缴农业税十五石，还剩一百三十五石。五口人一年的口粮需要九十石，刨掉口粮，还剩存粮四十五石，把存粮全部卖掉，可得一千三百五十钱。然后祭祀赛会用去三百钱，买布买衣服用去一千五百钱，这家人的存款不够花了，账簿上将出现四百五十钱的赤字。

这笔赤字怎么弥补呢？——全靠那五亩宅基。李悝说，五亩宅基只需建房三间，剩下的空地全部栽桑，桑叶能养蚕，春蚕能吐丝，卖丝的钱刚好可以弥补赤字。

上述计算有点儿理想化，毕竟每个家庭不可能都是五口人，每年的收成不可能都是一百五十石，人的饭量有大有小，粮食的价格也有高有低，一年的开销除了祭祀赛会和买布穿衣，还要看病吃药和走亲访友呢。不过李悝的计算传递出这样一个信息：战国时的宅基不只用来盖房子，还要种点儿东西，以补贴家用。

战国时有本书叫《礼记》，该书《儒行篇》形容穷人生活，说住处只有一亩大，房前屋后植桑种菜，产量极微，所以穷到穿衣露体，连祭祀赛会也不敢参加。《礼记》跟《周礼》一样，都出自孔门子弟的臭编，里面想象成分太多，只能当小说看。小说常常反映当时当地的社会生活，《礼记》大概也在无意中再现了战国人的居住特征：宅基超大，以便种植经济作物，稍微小一点儿，业主的钱就不够花了。

其实大宅基并不只是战国一个时代的特征。晋时陶渊明回老家隐居，写诗描述自家的房子："方宅十余亩，草屋八九间。榆柳荫后檐，桃李罗堂前。暧暧远人村，依依墟里烟。狗吠深巷中，鸡鸣桑树颠。"他家宅基十多亩，只盖八九间房子，留下来的土地，也栽桑树，也栽果树，也搞家庭养殖。

给死人办证

忘了在哪本书上看到的了,说是某人死后,被埋在荆轲墓旁边,他的鬼魂向家人托梦,说荆轲经常揍他,不让他在附近住,他不服,找城隍告状,城隍却判他败诉,因为那片墓地是荆轲的,不是他的,人家荆轲不让他住,他理所当然得搬。

这故事好像出自纪晓岚的《阅微草堂笔记》,也可能出自蒲松龄的《聊斋志异》,不管出自哪本书吧,都是瞎编,不是真事儿——毕竟人死后没有鬼魂,即使有鬼魂,那鬼魂也未必住在墓地,即使住在墓地,也未必像咱们活人那样,把地权和房权看得那么重,否则他们鬼魂界也得搞测量,搞勘界,搞确权,搞估价,弄出一幅幅的地籍图来,说不定还会有开发商,有物业公司,有二手墓交易市场,有阎王爷指挥、牛头马面执行的文明拆迁呢。

可是在咱们中国,倒有大批的朋友相信这种瞎编。换言之,他们相信人死后有鬼魂,相信那些鬼魂住在墓地,也相信一个安居乐业的鬼魂必须拥有自己的不动产产权。

据说给死人烧纸,就能保证死人有钱花。同样道理,给死人办了土地证和房产证,就能保证他们拥有自己的不动产产权。所

‖ 从一座明代古墓里出土的"买地券",河南大学柳增森先生供图。

以从东汉到元朝,长达一千三百年的时间内,中原地区一直流行给死人办证。

例如东汉末年,洛阳一位崔先生去世,他的家人就给他办了一份土地证。证书上写道:

> 建安三年三月八日,祭主崔坊,伏缘先考奄逝以来,葬地未卜。延日择此高原,世朝近地,世袭吉日,于皇天后土处买到龙子冈阴地一区,始葬于此,永为阴宅,千候百岁,永无殃咎。若有干犯,将军、亭长缚送治罪。先有居者,各相安好。

翻译成大白话,意思就是说:公元198年农历三月初八,鄙人崔坊把我爸埋在洛阳龙子冈一块风水宝地,这块地是我花钱买的,产权归在我爸名下,别的死人谁也别争,如果有人争,就让阎王爷和牛头马面收拾他。至于以前埋在这里的诸位,希望你们跟我爸和睦相处,谁也别让谁搬家。

这份证书用铅铸成,随崔老先生一起下葬。